ヴァジニアーA・Lへ

もくじ

PROLOGUE

はじめに

わたしは、すでに、別の本でトロイアの包囲戦を描いた。それはこんな物語だった。

黄金のヘレネが、スパルタ王であった夫メネラオスのもとを去って、王子パリスとともにトロイアにゆき、そのいっぽうで、大王アガメムノンの招集により、ギリシアのすべての王国、島々から黒い船が集まってきて、トロイアの城市《まち》を征服し、ヘレネをとりもどすために出航していった。

トロイアの包囲は九年間続いた。そして、ギリシア、トロイアともども、大勢の英雄が命をおとした。が、イタケの王オデュッセウスの巧妙なたくらみによって（《知謀《ちぼう》湧《わ》くがごとき》オデュッセウスと、人が言いそやすのももっともだ）、ギリシアの部隊が、巨大な木馬の空洞になった腹の中に身をかくし、トロイアの城市《まち》にもぐりこむことができた。そして夜の闇にまぎれて、城市《まち》の城門をひらき、仲間の戦士たちを迎え入れたのであった。

こうしてトロイアは落とされ、略奪された。トロイア戦士たちは殺され、女たちは奴隷《どれい》として連れ去られた。ただし、ヘレネばかりは例外で、ふたたび王妃たるべく、夫のメネラオス王の船にうやうやしく迎えられた。

そして黒い船団は故郷《ふるさと》をめざして陸を離れた。

広い海原に出ると、ギリシアの大船団は分かれわかれになった。それぞれの大将が船団を率いて、みずからの国をめざして進路をとった。故国《くに》にぶじたどりついた者もいた。しかし、途中で惨事《さんじ》にみまわれた者もあった。さらに、アガメムノンのように、ぶじ故国《くに》についたものの、破局が待ちうけていた者もあった。

これはオデュッセウスの物語である。オデュッセウスが、イタケにもどる長い航海のあいだに出会った、数々の冒険の物語である。

下の者たちは、トラキアとは、いぜんとして戦っているような気でいた。そこで彼らは浜に上陸するや、イスマルスの城市《まち》を占領し、略奪をはじめた。ただし、聖なる月桂樹の木立の中にあるマロンの屋敷だけは例外であった。マロンはアポロンに仕える神官だったので、オデュッセウスは妻、子ともに保護し、家来たちにはその聖域から手を引くよう命じたのであった。マロンの感謝の気持ちは大きかった。しかもマロンは裕福だったので、別れぎわに、オデュッセウスに豪華な贈り物をくれた。大量の黄金、葡萄酒《ワイン》をまぜる銀の碗《わん》、それに巨大な陶器の酒壺《さかつぼ》が十二もあった。この中の葡萄酒《ワイン》はとても深い色の、濃厚で強い酒だ。まぜ碗の中で二十倍の水にうすめれば、ちょうどよい飲みごろになった。

オデュッセウスの家来たちは、略奪を終え、戦利品を船まではこぶ作業が終わっても、その夜は頑《がん》として出航しようとはしなかった。彼らは彼らで、みずからの手で奪ってきたよい葡萄酒《ワイン》があり、すぐ近くに丸々と肥《ふと》った家畜もあったので、夜どおし浜辺に座って、飲み、かつ食べつづけた。ところがこうしてオデュッセウスの家来たちが時ならぬご馳走《ちそう》にうつつをぬかしているあいだに、城市《まち》の男たちがそっと逃げ出し、まわりの農園やら村々の人々に警告してまわった。警告された者たちは戦装束《いくさ》に身をかため、壁にかかっている槍《やり》や剣を手にとると、暗闇《くらやみ》をついて海岸の方へとしのびよってきた。そうして、夜が明けるとともに、浜のギリシア人たちに襲いかかったのである。

ギリシア人たちはさんざん飲み食いしたあとなので、頭がぼんやりしていた。そこで力のかぎり防戦したものの、敵の槍をかわしながら、船に駆けもどるのが精いっぱいだ。そんなわけで、彼らが水際から船を押し出して、沖にむかったときには、七十名以上の仲間が浜に死骸《むくろ》となって残されたのも、やむをえないことであった。

こうして海上に出たオデュッセウスの一行は、ふたたび、風につかまった。嵐のような大風となり、なすすべもなく翻弄《ほんろう》された。こうして一行は九日間というもの、夜となく昼となく、流されつづけた。そして、十日目になって、ようやくのことに避難場所が見つかり、白い砂浜の上に船を引き上げることができた。そこはとても穏やかそうな、緑の島だった。すでに風はおさまっていた。彼らは島に上がると、シダや苔《こけ》のあいだからぶくぶくと清水の湧《わ》き上がる泉を見つけて、水の樽《たる》をいっぱいに満たした。こうして人心地ついたところで、オデュッセウスは三人の男を派遣して、島の住人を探させることにした。もし人が見つかったら、害意のないことを何とか伝えて、食物や、旅を続けるための援助をこうことができるだろうと思ったのだ。

しかし三人はもどってこなかった。そこで、しばらく待っていて、しびれをきらせたオデュッセウスは、さらに二人の男を呼んで槍を持たせたうえで、みずから、消えた三人の捜索にのりだした。

ところで、この国には親切で、友好的な人々が住んでいた。ところが、彼らが食べるのは、この島に生えている蓮《はす》の実だけであった。そして、これを食べると、誰であれ、昔のこと、この先のことをすべて忘れ、せっせと働こうという気もまったく失せてしまうのだ。そうして、暖かい日射し、まだらな木陰で永遠の現在にひたりながら、うつらうつらと時を過ごし、世のいっさいを忘れはて、幸せな夢を見つづけるのだ。

オデュッセウスが行方不明になっていた水夫たちを見つけたとき、三人は、島の者たちにまじって座っていた。うつろな目ににやにやと幸せな笑みをうかべた男たちの心からは、帰ろうという思いがすっかり失せているようだ。こんな光景を見て、オデュッセウスの頭にはここがどんな場所なのかぱっとひらめいた。水夫たちは蓮《はす》の実を食べてしまったのだ！

男たちの名を呼んでもむだだった。待ちわびている家族のことを話しても、何の役にも立たなかった。

「立て」

とオデュッセウスは怒鳴った。

「役立たずな、くらげのぐにゃぐにゃの卵め！」

オデュッセウスはこう叫ぶと、いっしょにやってきた二人の水夫の手をかりて、三人を立たせた。そうして槍の柄《つか》でびしびしと尻をたたきながら、船の方へとおってゆくのだった。

オデュッセウスは三人の手足を縛りあげ——三人は抵抗心のかけらさえも見せようとはしなかったが——甲板の上に放りあげた。そして家来たちに帆を繰り出すよう命じると、オデュッセウスの船団はふたたび海の上にすべりだした。

THE CYCLOPS

第*2*章　巨人族キュクロプス

海の上でさらに七日が経過して、オデュッセウスの船団は、とがった岩だらけの、低い丘がならんでいる島にやってきた。目の前には、奥に深くはいりこんだ湾がひろがっている。そしてこの湾の入口には、とても美しく、ささやかな小島が浮かんでいた。かつてこの島を踏んだのは、そこに草を喰《は》んでいる野生の山羊くらいなものではあるまいかと思われるほど、すがすがしい島であった。一行は、風のあたらない陸側の浜に船を引き上げた。そして新鮮な肉と、アポロンの神官マロンにもらった葡萄酒《ワイン》で、一夜のご馳走《ちそう》を楽しんだ。この小島の逆の側の浜には、あいかわらず荒い波がはげしく打ちつけていた。だからこそ、このように静かに休めるのが、ほんとうにうれしかった。

翌日、オデュッセウスは、自分の船に、万が一のそなえとしてマロンからもらった大きな酒壺《さかつぼ》をのせ、他の者たちは小島に残したまま、海をわたった。対岸の大きな方の島にどのような人たちが住んでいるのかを調べようと思ったからにほかならないからだが、それというのも、はるかかなたで焚火《たきび》がちらちらとゆれているのが見え、遠くの羊が鳴くめえめえというかすかな声が聞こえてきたのだ。蓮《はす》を食べる連中のときと同じで、オデュッセウスはここに住む者たちが危険ではないかどうか確かめたいと思ったのだ。

すみやかに湾をわたりおえると、オデュッセウスは、十二名の水夫を選びだし、陸に上げた。さほど進まないうちに、洞穴があった。入口は背が高く、群生した月桂樹の枝が垂れかかっている。そして洞穴の周囲には、いたるところ、低い石塀をめぐらせた大きな囲いがあった。これは夜に家畜を入れておくための囲いだ。すでに、幼い羊や仔山羊でいっぱいのものもあったが、成長した羊や山羊の影はなく、羊飼いの姿も見えなかった。羊飼いが家畜たちを連れ出して、牧草地に放したのに相違なかった。オデュッセウスとその仲間たちは、ぶらぶらと洞穴の中に入ってゆき、あたりを見まわした。チーズがどっさりつまった、大きな籠《かご》があった。ミルクと乳清があふれそうになっている、とてつもなく大きなバケツがあった。しかし、生き物の影も、それらしい音も聞こえない。ただ、仔羊の鳴き声が外の囲いから聞こえてくるばかりであった。

水夫たちはいくらかのチーズと、はこべるかぎりの仔山羊と仔羊を失敬して、さっさと船に帰りたいと言った。しかしオデュッセウスは、見るべきものがあればかならず見ないと気がすまない性分だったので、一目、この洞穴の主《あるじ》を見てから立ち去ろうと言い張るのだった。そんなわけで、彼らは空《す》きっ腹をチーズでなだめ、洞穴の奥に腰をおろして待ちはじめた。

そのうち日が暮れてきた。ひづめのぽくぽくと地面を打つ音が響き、動物の鳴き声が近づいてきたかと思うと、やがて洞穴の外に、家畜が群れている、にぎやかなざわめきが静止した。一つの影が入口に斜めにさした。そうして――怪物が入ってきた。姿形は人間とかわらないが、この世のどんな人間よりも巨大であった。眼はたった一つ。恐ろしくもまん丸な眼が、額のまん中についている。こんな男の姿を一目みて、ギリシア人たちは、自分たちがキュクロプスの国に来てしまったことがわかった。キュクロプスというのは海の神ポセイドンを父として生まれてきた、一つ眼の息子たちのことだ。彼らは洞穴に住んでいた。そして羊を飼うばかりで、穀物を植えたり蒔《ま》いたりということはしなかった。小麦にしろ葡萄《ぶどう》にしろ、野生で生えているものをとって食べるのだ。オデュッセウスらは、自分たちが恐ろしい危険の中に足を踏み入れてしまったことに気づいた。

大男は、夕べの焚火《たきび》のためにはこんできた、大きな枯木の束をどさりと投げ下ろした。そうして雌の羊たちを洞穴に追い込み、それとともに仔羊と仔山羊も洞穴に入れた。ついで雄羊たちを外の囲いに入れると、巨大な平石をつかみ上げて、それでもって洞穴の口をふさいだ。二十二頭の馬を軛《くびき》につないで引かせても、この石をどけることなど不可能だろう。こうして洞穴に戸をたてると、大男は、雌の羊と山羊の乳しぼりをはじめた。そしてその作業が終わると、子どもを念入りに選んで、それぞれの母親のもとにみちびいてやるのだった。バケツに何杯もとれたミルクは、あとで喉《のど》をうるおしたり、チーズを作るためにしまわれた。

こんな場面の一部始終を、ギリシア人たちは洞穴のいちばん奥のすみに座りこんだなりで、じっと見まもっていた。暗闇《くらやみ》にまぎれてはいるものの、彼らは恐怖に顔をひきつらせ、身をいやが上にも縮めようとするのだった。

しかし、いつまでも暗闇が守ってはくれなかった。一つ眼の大男は夕べの火をおこしはじめた。そして炎が跳ね上がり、赤い光が洞穴の奥の奥まで舐《な》めると、そこに身をかがめている男たちの姿が丸見えになってしまった。

「くせものだ!」

キュクロプスが大声で喚《わめ》いた。浜辺の石がぎしぎしとこすれ合うような声であった。

「海をはるばる越えて、なぜこんなところまでやってきたのだ? 商人だな? さもなくば、人さまのお宝をしゃぶりとる海賊《かいぞく》だな?」

するとオデュッセウスが、こう返した。

「われらはギリシア人だ。長年にわたってトロイアを包囲していた、アガメムノンの軍団に属していた。いまはトロイアが落ちたので、われらの故郷《ふるさと》にもどるところだ。だが、われらの船は、風と潮によって見知らぬ海へとはこばれた。こうして、そなたのもとにやってきたのは、父なるゼウスの名において、そなたのご親切とご厚意にすがろうと思ったからだ。道に倦《う》んだ旅人をみずからの屋根の下に暖かく迎えるのが、人の情けというものではないか」

しかし、じつのところ、この場所で人の情けが期待できようなどと、オデュッセウスは思っていなかった。そして、果たせるかな、オデュッセウスと仲間たちにむけられたのは情けどころではなかった。

「お前らが父と呼ぶゼウスの野郎のことなど、わしらキュクロプスは屁《へ》とも思わんぞ。あいつの仲間の神々も同じさ。ただし、ポセイドンだけは別だぞ。わしらの父上だからな。わしらは、神々よりも強いのだ。だから、誰に気がねすることなく、勝手にふるまうのだ」

一つ眼の大男はこう言い放つと、喉の奥深くで笑うのだった。そして身を縮めている水夫を二人つかむと、地面にたたきつけた。頭がぐしゃりとつぶれる。他の者たちが恐怖に凍りついたまま、じっと見ている目のまえで、大男は手足を一本〳〵むしりとったかと思うと、まるで豹《ひょう》が獲物をむさぼるように、むしゃむしゃと食べはじめた。そして、バケツを傾け、口の中に一挙に大量のミルクをぐびぐびと流し込んで、肉をのみくだした。食べおえると、大男はごろりと横になり、寄り集まった羊たちのあいだにぬくぬくとくるまって眠ってしまった。

大男が眠りはじめると、ただちに、オデュッセウスは剣を抜いた。そして男にそっと近寄ると、肋骨《ろっこつ》の下の場所をさぐった。そこを剣で突けば、肝臓を刺し貫いて、男の命はないはずであった。しかし、こんなことをしながらも、オデュッセウスはちゃんと思い出していた。もしもキュクロプスが死んでしまったら、自分も家来たちも洞穴から出ることはできないだろう。入口にあのような巨岩がはさまっているかぎり、出るすべなどありはしない。そこでオデュッセウスはふたたび剣を鞘《さや》におさめ、仲間のもとにもどって、腰をおろした。彼らのたずねるような視線にも、首を大きく横にふるばかりであった。

朝がきた。大男はさらに二人の水夫を食べた。食事が終わると、乳をしぼってから、雌羊たちを洞穴から出した。つぎに仔羊らを外の囲いにもどす。そうして、矢のつまった矢筒にふたをするように、いとも軽々と大岩を持ち上げて洞穴の口をふさぐと、出かけていった。家畜の群れを、昼のあいだ草を喰《は》ませる丘の牧草地へとおっていったのだ。

ギリシア人たちは絶望の淵《ふち》に沈みそうになった。しかし、オデュッセウスの頭の中に、一つの計略が浮かんできた。これによって、少なくとも水夫たちの一部は救うことができるかもしれない、とオデュッセウスは思った。

　大男は自分の杖《つえ》を洞穴に残していった。それはまだ青々としているオリーヴの樹の幹で、囚《とら》われのギリシア人たちにとっては、杖というよりも、まるで船のマストのように見えた。この樹から、オデュッセウスは手近に見つけた道具を用いて、人が一人まっすぐに身体を伸ばしたほどの長さの棒を切り出した。そうしてさらに、水夫たちに命じて、この棒を、槍の軸のようになるまで削り、磨《みが》かせた。そのあいだに、オデュッセウスは焚火《たきび》の上に薪《まき》を重ねて、それをふたたび燃え上がらせる。そうしてオリーヴの樹の棒を手にかかえると、いっぽうの端をとがらせ、それを真っ赤に燃えている炎の中心につっこんだ。とがった先が固くなってきたころあいを見はかって、それをさっと引きもどすと、この棒を壁ぞいに積まれた羊の糞《ふん》の下にかくした。

　夕暮れどきになって、大男が帰ってきた。そして、すべてが昨晩と同じように進んだ。ただし、今夜は、何やらきな臭いにおいが空中にただよう気配を感じたらしく、大男は、その方が安全と思ったのだろう、雄の羊もふくめ、すべての家畜を洞穴の中に入れた。しかし、このようにしてくれたのは、むしろ、ギリシア人たちの方にとって好都合であった。

オデュッセウスと仲間たちは、探検に出るとき、マロンの葡萄酒《ワイン》の壺《つぼ》を持ってきていた。昼のあいだに、オデュッセウスはキュクロプスの蔦《つた》の木の椀《わん》に、この葡萄酒《ワイン》を満たしておいた。そのさい、この濃厚で頭にのぼる液体に一滴の水をまぜることもしなかった。そして大男がその恐ろしい夕食をすませると、オデュッセウスは奴隷《どれい》のように身を低くして、この椀《わん》を大男のところまで持ってゆき、このように言うのだった。

「人肉をのみくだすには、ミルクより、こちらの方が美味《おい》しいですぞ」

大男は飲んだ。そして、そのあまりのうまさに舌鼓《したつづみ》をうち、もう一杯よこすよう命じた。大男は三度《みたび》飲みほし、三度《みたび》お代わりを求めた。そして飲むほどに陽気になり、このようにすばらしい飲物の礼に、見知らぬ客人に贈り物をしようと誓うのだった。

「だが、その前に」

と、大男はしゃっくりをしながらたずねた。

「お前の名前を教えるんだ。お前にたいして、もっと親しみがもてるようにな」

「わたしの名は、〝イナイゾ〟だ」

とオデュッセウスは答える。この種《て》のゲームはすでにおなじみだ。

大男は、ひとしきりろうろうたる声で笑っていたが、

「では、お前の仲間を先に食ってやろう。そしてイナイゾが最後だ。それがお前への贈り物さ、ハッハッハ」

と、なおも笑いながら、そのままごろんと後ろにひっくりかえると、酒のために前後不覚になって眠ってしまった。髪の毛がほとんど焚火《たきび》の中につっこみそうだ。

これを見たオデュッセウスは、さっそく、隠し場所から棒をとってきて、とがった先を火にかざした。仲間たちは——もはや六人しか残っていなかったが——すわとばかりにまわりに立って、待っている。棒の先が赤々と輝きはじめると、彼らはそれを持ち上げ、もてる力をふりしぼって、大男のたった一つの眼の中に突っ込み、ぐいぐいと押し込んだ。そしてオデュッセウスは、まるで大きな木のドリルででもあるかのように、それをぐりぐりとまわした。途方もなく大きな眼球が、赤熱した鉄を冷たい水につけたときのように、じゅうと鳴った。大男はよろめきながら膝《ひざ》立ちになり、それから恐ろしい悲鳴とともに完

全に立ち上がった。そうしてなおも赤々と火照《ほて》っている棒を血のしたたる眼球からむしりとると、半泣きになりながら、すぐそばの洞穴に住んでいる仲間のキュクロプスたちの名を呼んで、助けを求めるのだった。

大男たちが駆けてきた。しかし、入口をふさいでいる大きな岩の前に立ち止まると、叫び返した。

「おおい、ポリュペモスよ、誰がそなたを害するのだ？　大騒ぎするから、目がさめちまったじゃないか」

すると大男のポリュペモスは大声で叫んだ。

「わしを害する者は――イナイゾ。ひどいたくらみで殺そうってんだ。この野郎――イナイゾってんだ」

「そなたを害する者がいないってんなら、誰の助けもいらないじゃないか」

と、一人の大男が叫ぶ。

「気分が悪けりゃ、父上のポセイドンに頼むんだな。何とかしてくれるかもしれんぞ」

大男たちはおのおののねぐらに帰ってゆき、ぶつぶついう声はしだいにかすかになっていった。オデュッセウスの心の中に、声にならぬ笑いがひろがった。

眼をつぶされた大男は、あまりもの苦痛に泣き叫びながら、手さぐりで穴の入口までゆくと、傷に夜の冷たい空気をあてようと、岩をわきにどけた。ところが、大男は入口の真ん中にどっかと腰をおろし、両腕を横に大きくのばした。したがって囚《とら》われの者たちが出ようと思ったら、かならずや男にかんづかれて、捕まってしまうだろう。

しかし、オデュッセウスの頭にまたもや名案が浮かんだ。オデュッセウスは洞穴のいちばん奥にこっそりと行き、もっとも大きな雄の羊を何匹か選び出した。そして、大男の寝床から長くしなやかな柳の枝を引き抜き、羊を三匹ずつつなぎ、それぞれの真ん中の羊の腹の下に家来たちをしばりつけた。こうすれば、たとえ眼のつぶれた大男が手をのばしても、外側の羊しかさわらないだろう。そうしてオデュッセウスは、なかでもいちばん大きくて力の強い羊を、自分のために残しておき、その腹の毛に手と足をからませながら、腹にしがみついた。

こうしてオデュッセウスの準備ができたころには、夜が明けそめてきた。羊とやぎの群れは、洞穴の入口の方へと移動しはじめた。そこには、あいかわらず、ポリュペモスが

腕を左右に大きくのばして座っている。動物たちがからだをこすりつけるようにして、通りすぎようとすると、ポリュペモスはそれらに触れた。しかし、もっとも立派な羊の腹の下に隠れた水夫たちの存在に気づこうはずもなかった。

なかでもいっとう立派な羊が、腹の下にオデュッセウスをかかえながら、最後に出てきた。すると大男はこの羊をなでて、もの悲しい声で、こうたずねるのだった。

「おお、羊よ、お前はとても美しく、誇らかで、いつも仲間の先頭にたって来るのに、今日はどうして最後なのだ？　お前の主人のことが悲しくて、そろりそろりと出てきたのかい？　ご主人はイナイゾのおかげで眼をつぶされた。だから、もはや、美しいお前を見ることができないのだ」

しかし、ついに、全員が通りすぎた。そして、囲いのむこうの、からりとひらけた草地の上に出ると、オデュッセウスは羊に縛りつけられていた水夫たちを自由にしてやった。そして彼らは、羊をおって丘をくだり、水際で待っている船へとむかった。するとポリュペモスが、はるか後ろから大声で叫びながら、ころげながら追ってきた。

船で待っていた水夫たちは、帰ってきたオデュッセウスらの姿を見て喜んだのもつかの

ま、すぐに、六人の仲間が死んだと聞かされて涙にくれた。しかし、のんびりと悲しみにふけっている暇《ひま》はなかった。オデュッセウスは羊たちを船に上げるよう命じると、他の船を残してきた小島めざして船を海の上に押し出した。そのとき、岩でできこぼこの崖の上を、よろよろと走るポリュペモスの姿が見えた。オデュッセウスは、ひとつ大男をからかってやろうと思い、両の手のひらを口のわきにそえると、羊の鳴きまねをしてみせた。これは賢明ではなかった。へたに音をたててしまったおかげで、彼らのいる位置がばれてしまったからだ。盲目の大男は、憤怒《ふんぬ》に顔を真っ赤に染めて、岩山のてっぺんをもぎとると、船をめがけて投げつけた。岩は船のすぐ前方にどぼんと落ちた。そのために波が立ち、船は岸のほうへと押しもどされた。オデュッセウスはじょうぶな棒をついて、船をふたたび沖にむかって押し出した。また水夫たちもけんめいに櫂《かい》にとりついたので、船はびょんと跳ねるような勢いで、沖をめざした。しかし、これだけひどい目にあっておきながら、オデュッセウスはまだ気が変になっていた。そして、こう叫びかえした。

「誰に目をつぶされたかと訊かれたら、イタケの王ラエルテスの息子オデュッセウスの仕業《しわざ》だと言うがよい。城市《まち》の略奪者オデュッセウスだとな」

ポリュペモスは両腕を天にむけてほうり上げ、憤怒と苦痛に身をよじらせながら、海の神ポセイドンにむかって祈るのであった。

「青髪のポセイドンよ、わが祈りをきいてくれ。わたしがほんとうにそなたの息子であるならば、どうかおききとどけください。城市《まち》の略奪者オデュッセウスが、かりに故郷《ふるさと》にもどることがあるとしても、なにとぞその時を遅からしめ、ただ一人で帰らしめたまえ。また、よそ者の船にはこばれて国にもどったオデュッセウスを、黒々とした苦難が待ちかまえているよう、おはからい下さい」

ポリュペモスは、さっきより大きな石をかつぎ上げ、オデュッセウスの笑い声をめがけて投げつけた。しかし今度は距離がたらず、船の手前に落ちたので、その波は、オデュッセウスの船を、残りの船が待っている小島の方へと押してくれた。

THE LORD OF THE WINDS

第3章 風の神アイオロス

オデュッセウスの一行がつぎに上陸したのは、風の神アイオロスの島であった。この島の切り立った断崖の上に、青銅《ブロンズ》の壁に囲まれた豪華絢爛《けんらん》たる宮殿があって、アイオロスは六人の強い息子と、六人の美しい娘たちとともに、とても幸せに暮らしていた。アイオロスは、息子と娘のそれぞれを、ときにエジプトの王と王妃の場合がそうであるように、おたがいに結婚させていた。

アイオロスはオデュッセウスとその仲間たちを、たいへん手厚く

もてなし、まるまる一月《ひとつき》のあいだ、自分の宮殿の屋根の下にやしなってくれた。このあいだに、オデュッセウスはトロイアの包囲戦の物語や、これまでの航海で出会った冒険のことを王に語ってきかせた。そして、彼らが旅を続けるべき時がやってくると、アイオロスは航海のためにと、新鮮な食糧を補給してくれた。オデュッセウスその人にも贈り物があった。それはただ一頭の牛の皮でこしらえた袋で、このなかには、世界中のありとあらゆる風がつめこまれてあった。ただし、一つだけ、そこにふくまれていない風があった。それは、彼らを安全に故郷《ふるさと》まではこんでくれる、おだやかな西風であった。袋は銀のひもでしっかりとくくられ、オデュッセウスの船の、漕《こ》ぎ手の座席の下にしまわれた。そして、アイオロスはくれぐれも念をおすのだった。故郷《ふるさと》の港にしっかりともやい綱を結ぶまでは、どんなことがあっても、絶対にこの袋を開けてはならない、と。

オデュッセウスの一行は、九日と九晩のあいだというもの、やさしい西風に帆をまるくふくらませてもらいながら、まったく櫂《かい》に手をふれる必要もなく、波の上を走っていった。そして、このあいだはずっと、オデュッセウスみずからが舵取《かじと》りオールをにぎりつづけ、それを他の者にゆずることがなかった。こうして十日目にイタケの島が見えてきた。すると、故郷《ふるさと》の丘が水平線の上に盛り上がっている、おなじみの風景を目にしたオデュッセウスは、疲れきっていたこともあり、ああ、これで船の旅も終わりに近づいたのだとほっと安心のあまり、眠りこんでしまった。そしてオデュッセウスが眠っているまに、水夫たちは——牛皮の袋の中にはいったい何がはいっているのだろうと、ずっと好奇心にさいなまれていたので——自分たちのあいだでこんな話をはじめた。

「アイオロス王からいただいたこの宝物は、いったい何だろう？　船長はとてもたいせつにしまってるじゃないか。故郷《ふるさと》の浜につくまでは開けて見てはいけないらしいが」

「袋にゃ、金や銀がざっくざくさ。決まってるじゃないか。あんなにだいじそうに見張ってるんだもの。われらもおこぼれにあずかるのはとうぜんさ。遠くまで行って、さんざんひどい目にあわされたのは、船長とかわりゃしないもんな」

「もう、ほとんど帰ったも同じだから、見ても悪かないさ。ちょいとのぞくくらいならね」

というのも、このときには、船はもう岸辺のすぐ近くにまできていたので、人々が岩と岩のあいだで焚火《たきび》に火をともしている姿がはっきりと見えたのである。

そこで、水夫たちは、はちきれんばかりにふくらんだ袋を漕《こ》ぎ手の座席の下から持ち上げて、銀のひもを解きはなった。

ひゅうひゅう、ごうごう、ぴゅうぴゅうと、さまざまの音とともに、閉じ込められていた風また風——世界中のあらゆる風——が、牛皮の袋のくびれた口を一気にすりぬけた。風たちはともに渦《うず》をまきながら、海と空のあいだの空間いっぱいにひろがったかと思うと、十二隻の船の上に跳びかかってきた。船たちは散りぢりばらばらになり、せっかくもどってきた故郷《ふるさと》の海から、またもや見知らぬ海へと押しもどされてしまった。

オデュッセウスは水夫たちの絶望的な叫びと、まわりで起きているすさまじいばかりの騒擾《そうじょう》に目をさました。そして、みずからも絶望のあまり、いっそこのまま嵐によってぐちゃぐちゃにかきまぜられた海に飛び込み、このとき、この場でもって、自分の生涯と、放浪の旅にけりをつけようと、ほとんど決意しかけた。しかし、オデュッセウスには、なおも面倒をみるべき家来たちがそこにいた。彼らこそ禍《わざわ》いを引き起こした張本人ではあったが、それはまた別の問題であった。そこでオデュッセウスはあらためて自分の心をはげまして、みずからの船と、嵐に翻弄《ほんろう》される船団の指揮をとりはじめた。

さて、このようにして幾日が経過したのだろう？　幾夜が過ぎ去ったのだろう？　風と波の混沌《こんとん》の中で、時間がまったくわからなくなってしまったが、オデュッセウスの一行は、ふたたび、アイオロスの島へとやってきた。

しかし、今度は、風の神アイオロスの口に歓迎の言葉がなかった。

「まちがいない。そなたらは神々に憎まれているのだ」

アイオロスはオデュッセウスたちの頭の上に、激しい言葉をあびせかけた。

「わたしの宮殿も、わたしの援助も、神々に疎《うと》まれた者には無縁だ。さっさと消えうせろ。もう二度と、はるばる海の道をこえて、わが浜に来るでないぞ」

こうして、アイオロスはオデュッセウスらを追いはらった。今度は帆をふくらませてくれる風はなく、そのため、彼らはせっせと櫂《かい》を動かさなければならなかった。また日が暮れてきても一夜身を寄せるための陸すらなく、交替で櫂《かい》をとりながら、昼間ばかりか、夜のあいだも漕《こ》ぎつづけるのだった。

しかし、七日目になると陸の影が見えた。そうしてなおも進んでゆくにつれて、そこは海が大きく食い込み、美しい湾になっていることがわかった。しかも湾の入口は、左右ともに、けわしい岩壁がそそり立っているので、内《なか》はとても居心地のよい天然の港のようにみえる。オデュッセウスは率いてきた船団の船にたいして、湾の内《なか》にはいり、安全な場所に錨《いかり》をおろすよう命じた。しかし自分の船については、風を解きはなってしまった乗り組みたちにたいして、オデュッセウスはなおも心にしこりを感じていたので、彼らを罰する意味でも、内《なか》に入ることを許可しなかった。そうして、湾口の岩の柱に、船の綱をもやうよう命じた。とはいえ、オデュッセウス自身、この船の船長なので、彼らとともに湾の外にとどまることになったというのは、やむをえないことであった。

そして、これが、オデュッセウスのためには結果として幸いであった。

このあたりでは夜が極端に短く、西の空で夕陽《ゆうひ》の最後の光がうすく消えていったかと思うまもなく、東の空が白み、夜が明けそめる。朝の太陽が上がる前に、オデュッセウスは自分の船の水夫を三人えらび、岩の岬に上陸させた。そして偵察に出した。

しばらく行くと、遠くの方に町が見えた。しかし、そこにたどりつく前に、樹々の枝にこんもりとおおわれた井戸があった。そして、この井戸で、腕が長く肩幅の広い少女が水をくんでいた。水夫たちは、この少女にむかって、この島の王は誰だ？　どこにいるのだ？とたずねた。

「あんたたち、わたしの父に会いたいのね」

と少女は言うと、まるで自分だけの冗談を思いついたように、くつくつと笑うのだった。

「わたしといっしょに来るのよ。あっというまだからね」

こう言うと、少女は男たちを町に連れていった。そして、町の真ん中にある、大きくのたくっているような宮殿へと案内した。

ところが、水夫たちを出迎えた王の歓迎は、ポリュペモスから受けた歓迎とそう変わりのないものであった。というのも、王は、水夫たちの姿を見るやいなや、そのうちの一人をむんずとつかんでかつぎ上げると、石柱に投げつけて、頭をぐしゃぐしゃにつぶした。そ

うして、夕食は殺したての人肉だと叫ぶのであった。あとの二人は、危機一髪のところで王の手をすりぬけ、船をめがけて命からがら駆けもどった。

いっぽう、怪物の頭目《とうもく》は声を張り上げて手下どもを呼んだ。やってきた男たち――人間というよりまるで大男のような巨大な連中だった――は、崖のてっぺんにずらりとならぶと、すぐ下の、小さく囲われた入江に入っている船にむかって、岩をつぎつぎと投げ下ろしはじめた。

頭目《とうもく》の舘《やかた》をのがれた二人の水夫は、岬の岩の斜面を、なかば跳び、なかば落ちるようにして、駆け下ってきた。オデュッセウスはこんな二人の姿に気づくとともに、湾の内《なか》でいままさに起きている光景に気づいた。そして、つぎつぎと死んでゆく家来たちの断末魔の悲鳴や呻《うめ》き声と、無惨《むざん》にも船の木材の砕《くだ》ける音が聞こえてきた。オデュッセウスは剣を抜くと、自分の船を岩の柱に結びつけていた太綱を断ち切った。そして、同時に、乗り組みたちにむかって叫んだ。

「漕《こ》げ！　すべての神々の名にかけて、漕《こ》げ！　命が欲しけりゃ漕《こ》ぐんだ！」

こう言われると、頭上に死の恐怖をひしひしと感じていた水夫たちは、一丸となって櫂《かい》で水をうった。船は、引き革をするりと抜けた猟犬のように、いっきに前に跳びだした。こうして広い海原に出ると、ようやく、この恐怖の場所をあとにした。水夫たちは、こうして自分たちが助かったことはうれしいものの、大勢の仲間たちを失った悲しみに、ぽろぽろと涙を流しながら、櫂《かい》をにぎるのであった。

青髪のポセイドンが、目をつぶされたキュクロプスの祈りをききとどけたのだ――とオデュッセウスは思った。というのも、当初の十二隻の船、その勇敢な乗り組みのうち、いまや、たった一隻の船しかオデュッセウスには残されていないからであった。

第4章　魔女キルケ

オデュッセウスと、生き残った水夫たちは、航海を続け、またもや島を見つけた。そして、ふたたび、囲われた入江に船を入れた。そして二日二晩というもの、船のすぐそばの浜辺に上がり、ごろ寝のままで過ごした。あまりに疲労し、あまりにうんざりして、何をする気にもなれなかったのだ。

しかし三日目の朝がくると、オデュッセウスは剣と槍《やり》を手にとって、仲間をそこに残したまま、海とは反対の方向に歩を進めた。どこか周囲

THE ENCHANTRESS

を見わたせる高台でも見つけて、土地のようすを調べてみようと思い立ったのである。まもなく、オデュッセウスは、丘に行きあたった。そして、そのいただきまで登ってゆくと、とつぜん、大きく視界がひらけた。目の前には、大きな森がひろがっていた。森はこの島の大部分を、まるでもじゃもじゃの黒っぽい羊毛のようにおおっている。四方八方どちらを見ても同じことで、森の樹々がつきると、波が海岸を洗っているのであった。家畜が飼われている形跡はどこにもなかった。誰かが住んでいる家らしいものも、まったく見えなかった。しかし、島のまん真ん中の、樹々がもっとも密集して生えているあたりから、赤っぽい色の煙が、たった一筋、立ち昇っているのが見えた。

　オデュッセウスは、ほとんど、この煙の正体をさぐろうと、そちらに足を向けかけたが、そのとき、他の島々で出会ったさまざまの危険のことが頭に浮かんできて、思いなおした。たぶん、まず船にもどり、家来たちに飯《めし》を食わせ、そうしてから強力な偵察の部隊を組んで、さぐらせたほうがよいだろう……

そこで、オデュッセウスはやってきた道を引き返しはじめた。そして、とある小川の土手までくると、低く垂れている枝のかげで、水を飲んでいる紅《あか》い鹿に出会った。これで、ともかくも、家来たちに飯《めし》を食わせるという問題が解決できる！　鹿がびっくりして、跳びはねたところを、オデュッセウスは槍で突いた。そうして四本の足を柳の枝の綱で縛ると、鹿の死骸をぽいと首のまわりにつるし、槍を杖《つえ》のようにつきながら、ふたたび船にむかって歩きはじめるのだった。

船につく。水夫たちは、船のまわりに座ったり、寝ころがったりしている。あいかわらず、あまりに疲れすぎたせいか、もう自分たちがどうなろうとかまわないとでもいったようなようすであった。こんな男たちの真ん中に、オデュッセウスは鹿をどさりと下ろした。

「元気をだすんだ。死ぬのはまだ早いぞ。食物と飲物が手にはいるかぎり、宴会さ。餓死《がし》なんぞしていられるものか」

こういうわけで、彼らは火をおこし、その夜は、鹿のあぶり肉をたんのうした。そして、腹がみち、心も軽く眠りについたのであった。

つぎの朝。オデュッセウスは家来たちを二組に分けた。そして片方はみずから率いて、もういっぽうの者たちの指揮を、遠い血縁のエウリロコスにまかせることにした。オデュッセウスとエウリロコスは、二つの細い木ぎれをひっかいて、それぞれ自分の印をつけ、兜《かぶと》に入れた。遠くの空に立ち昇る、あの糸のような煙がいったい何なのか確かめるのに、どちらがゆくか、くじで決めようというのだ。兜がはげしくふられる。エウリロコスの札が飛び出した。こうして、エウリロコスは、二十二人の家来とともに森の中に消えていった。いっぽう、オデュッセウスと残りの者たちは、船のそばで待つこととなった。

一日が終わるころ、エウリロコスがもどってきた。エウリロコスはひとりきりで、身を震《ふる》わせながら泣くばかり。見てきたもののあまりのおぞましさに、最初は、口さえきけない。しかし、しばらくするとようやくのことに気持ちが落ちついてきて、何が起きたのかを語りはじめた。

暗々とした森の真ん中で、エウリロコスの一行は美しい石造りの家を見つけた。この家のまわりには、家畜のようにおとなしい狼《おおかみ》とライオンがたむろしていて、男たちの姿を見かけると、まるで猟犬のようになついてきたり、後ろ足で立ち上がり、彼らの肩に前足をかけて、顔をぺろぺろと舐《な》めるのだった。そして、石柱のならんだ立派なポーチの屋根の下に、機《はた》の前を行ったり来たりしている女の姿が見えた。そうして女の声が聞こえてきた。こまやかな布を織りながら、女は甘く、柔らかく歌っているのだった。

男たちの一人が女に声をかけた。すると女は機《はた》を離れて、屋根の下から出てきた。黒っぽい長衣《ローブ》をはおった、美しい長身の女であった。両の腕と髪には、おもしろい模様《もよう》の黄金細工の飾りをつけている。女は家の扉をあけ、男たちに入るようすすめた。すると、エウリロコスをのぞく男たちは、一人のこらず、大喜びで入っていった。しかしエウリロコスは罠《わな》のにおいを感じたので、外に身を隠し、開いたままの扉から、中のようすを見まもった。

女と、女中たちが、エウリロコスの家来たちを長椅子や腰掛けに座らせ、葡萄酒《ワイン》をまぜてやるのが見えた。そして、とても優しく、来てもらったのがうれしくてたまらないといったそぶりで、酒杯《さかずき》をもって、男たちに酒をすすめた。

ところが、客人たちがすべて飲みおえると、女は、木を削ってこしらえた細《ほそ》やかな棒をとり出して、男たちに順に触れていった。すると、触れられた男は、たちどころにしてごわごわの毛が生え、鼻づらがにゅうととがり、よつんばいになってしまった。彼らはもはや人間ではなかった。豚そのものだった。そして女のまわりに群れながら、口を地面にこすりつけたり、鼻をぶうぶうと鳴らしたりするのだった。

「すると」

と、エウリロコスが話をしめくくる。

「女は笑いながら、あの者たちを外に追い出しました。わたしが隠れていた場所のすぐそばを通ったので、そっとついて行くと、この連中にはいまはここがふさわしいと言いながら、女は豚どもを豚小屋に閉じ込めました。でも、その場所のあまりの醜《みにく》さ、汚さに、彼らは人間の涙を流していました」

話が終わると、オデュッセウスは、剣の帯を腰につるし、弓を手にとり、エウリロコスにむかって自分といっしょに魔女の舘《やかた》までもどるよう命じた。ところが、エウリロコスは膝《ひざ》を折り、身を縮めながら、またあらたに泣きはじめた。

「オデュッセウスさま、それはとてもできません。男たちを救うのはもはや不可能です。あなたでも、きっと帰れはしないでしょう」

こうしてついに、オデュッセウスはエウリロコスをさそうことをあきらめ、他の者たちとともにそこに残したまま、一人で森に入っていった。

しかし、途中で、ヘルメスがオデュッセウスを待っていた。ヘルメスは神々の使者で、このときは見目《みめ》うるわしい若者の姿で現われた。若者はオデュッセウスの手をとると、こう言った。

「あなた、こうしてお一人で森を抜けて来られたのは、魔女のキルケの豚小屋から仲間を救おうという一念にみちびかれてのことでしょうが、このままだと、あなたご自身、他の連中の仲間入りをするのがおちですよ。だけど、そうならぬよう、わたしがお力ぞえをいたしましょう」

こんな言葉とともに、若者は腰をかがめて、足もとに生えている草を折って、前に突き出した。それは夜のように真っ黒な根っ子、ミルクのように真っ白な花をつけた草だった。こんな草を摘《つ》みとることは、生身の人間にはとてもむりだろう。しかし神々には、できないことなど何もない。

「この草をお持ちなさい。肌身はなさず持っているのです。そうしたら、あなたのためにキルケが用意する魔法の酒杯も力をもたず、あなたの姿を変えることはできないでしょう。また、魔法の杖《つえ》とても同じことです。だけど、杖でたたかれたら、剣を抜きはらい、いかにも、斬《き》り伏せてやるのだとばかりに、女に跳びかかるのですよ。女は恐れおののいて、あなたの足もとにひれふすでしょう。これまで、この女の魔法がきかなかった人間などいなかったからです。女は、そうして、あなたの好意に訴えようとするでしょう。これには、優しく応じてやらねばなりません。ただし、その前に、まずさっきの魔法をとき、あなたと仲間にたいしてこれ以上悪さをしないと、誓わせなければなりませんよ」

こう言うと、ヘルメスは輝く道を踏んで、神々の故郷《さと》オリュンポス山へと帰っていった。

オデュッセウスは、もらった草を上衣《トウニカ》の胸に突っ込んだ。草は、肌にひやりと感じられた。オデュッセウスはさらに道をつづける。そうしてキルケの舘《やかた》にまでやってきた。キルケは機《はた》の前で歌を口ずさんでいる。オデュッセウスは狼やライオンにべたべたとなつかれながら、柱廊《ポルティコ》の屋根の下に入り、キルケに声をかけた。キルケは外に出てきて、屋敷の中に入るようすすめた。オデュッセウスがそれに応じると、銀で飾りたてた椅子に座らせ、さらに足台まで持ってくるのだった。それから、葡萄酒《ワイン》に、チーズと大麦の粉と蜂蜜《はちみつ》をふりかけた飲物を、オデュッセウスのためにこしらえた。そうして、最後に、掌《て》の中にひそませてあった瓶《びん》から、何やら数滴の液体を、この飲物の中にたらした。

キルケはオデュッセウスに酒杯をわたした。

「さあ、召しあがれ。わが舘《やかた》にようこそ」

オデュッセウスは、胸にひそませた草の白い花にすべてをまかせたという気持ちで、酒杯をほして、下においた。

するとキルケは、細やかな杖をつまみあげると、オデュッセウスを軽くうった。そうしてにこやかに微笑《ほほえ》みながら、外の豚小屋の仲間のところに行きなさいと命じるのだった。

ところがオデュッセウスは剣を抜きはらうと、相手をたたき斬《き》らんといわんばかりに振りかざした。鋭い悲鳴とともに、刃《やいば》の下に女の身体はへなへなとくずれ、オデュッセウスの足もとにひれふした。

「わたしの魔法がまったく通じないなんて、あなた、いったい誰なんです? きっと、オデュッセウスですわね。いつかヘルメスから言われましたわ。オデュッセウスが黒い船に乗ってトロイアから帰る途中で、こちらにやってくる、と。どうかお願いです。剣をおさめてください。おたがいを信頼して、友だちになろうではありませんか」

オデュッセウスは、なおも抜き身の剣をきらりと光らせ、女を見下ろしながら、立ちはだかったままだ。

「まず、よろずの神々に誓え。わたしと、家来たちに、これ以上悪さをしないと誓うのだ。そのうえでなら、友だちにならないでもない」

なおもさめざめと泣きながら、魔女のキルケは、よろずの神々にかけて誓ったので、オデュッセウスは剣を鞘《さや》におさめた。

するとキルケの四人の侍女たち——泉や樹々の娘たち——が、美しい紫色のおおいを椅子にかけ、銀のテーブルの上に黄金の皿を置いて、銀の碗《わん》で葡萄酒《ワイン》をまぜた。女たちは湯をわかし、オデュッセウスを湯浴《ゆあみ》させた。頭を、肩を湯がさらさらと流れると、疲れがすべて洗い流されてしまった。こうして身体が清浄《きよらか》になると、女たちはオデュッセウスに美しい衣を着せ、テーブルのところにまで案内し、どうかぞんぶんにお食べください、お飲みくださいと言うのであった。

しかしオデュッセウスは黙ったまま、じっと座っている。料理にも、葡萄酒《ワイン》にも手をつけない。ついに、たまりかねたキルケが、何かまずいことでもあるのですかと、たずねるのだった。

「まだ、わたしを疑っているのですか？　恐れる心配はありませんよ。あなたを害さないとお誓いしたではありませんか」

するとオデュッセウスはこう返した。

「でも、わたしの仲間のことがあるではないか。そなたに豚の姿にかえられて、まだそのまま豚小屋に囚《とら》われたままだというのに、わたしだけが飲み食いしてはしゃぐ気分になど、なれるわけがないではないか」

そこでキルケは舘《やかた》を出て、豚小屋に行った。オデュッセウスも、女のすぐ後ろにぴったった

りとついてゆく。女は門をあけ、なかで群れている豚に声をかけ、順に杖で触れていった。つぎつぎと杖が触れてゆくにつれて、豚たちは、もとどおりの人間の姿にもどっていった。そうしてオデュッセウスのもとにさっと駆け寄ると、オデュッセウスを、あるいはおたがいの肩を抱き合って、よかったよかったと喜びの涙にむせるのであった。

そうしてキルケはオデュッセウスにむかって、船にもどってはどうかと言った。すなわち、船を砂浜の安全なところまで引き上げ、航海のための道具をすべて近くの洞穴にしまってから、残りの水夫たちをつれて

もう一度こちらに帰ってこいと言うのだった。そうして、しばらく自分の館《やかた》で骨休めをするようすすめた。

オデュッセウスの心にあやしいぞと思う気持ちがよぎった。しかし、この期《ご》におよんでも、新しい経験に目のないオデュッセウスの性分が、むくむくと頭をもたげてきた。また、ふたたび海路にのりだすには、自分も、家来たちにも、たしかに骨休めが必要で、しかも新鮮な食糧の補給がなくてはならないことが、痛感されていた。そこで、オデュッセウスはキルケのすすめに従うことにし、全員で浜辺へとくだっていった。そしてそこで待ちかまえていた仲間たちにたいして何が起きたかを物語り、キルケがつぐないのために一同にご馳走《ちそう》して、しばらく館《やかた》で休ませてくれるつもりだという話を伝えた。

ありがたい申し出だとばかりに、男たちは喜びいさんで、船を砂浜に引き上げはじめた。しかしエウリロコスだけは別だった。エウリロコスはなおも悪夢を見ているような顔をしながら、他の者たちにむかって、キルケのところに行ってくれるな、それよりも、さっさと海に出て、魔女の手をのがれようと、しきりに言い張るのだった。

オデュッセウスは剣を抜いた。エウリロコスは親友であるばかりか血縁でもあったが、恐怖を他の者に伝染させない前《さき》に、殺してしまおうと思ったのだ。しかし水夫たちは、そんなオデュッセウスの手をおしとどめて、自分たちが魔女の舘《やかた》に行っているあいだ、船に残って、見張りをしてもらえばよいではないかととりなすのだった。これには、オデュッセウスも同意した。ところが、何ほども道をゆかないうちに、エウリロコスが追いかけてきた。一人ぼっちで残されるのはもっと怖《こわ》いから、それよりはみなといっしょに行ったほうがましだというわけであった。

こうして、一同がうちそろって行くことになった。そしてみなでキルケの舘《やかた》につき、キルケと侍女たちが用意してくれたご馳走にあずかったのだった。

第5章　死者の国

オデュッセウスの一行はご馳走《ちそう》を食べては眠り、さめてはまたご馳走を食べるというありさまで、こうして愉快な気分のままに、どんどん日が過ぎていった。そうして、誰一人として――オデュッセウスさえもが――いたずらに時間のたってゆくことを気にとめなかった。というのも、キルケの島には魔法がかかっていたので、人の世にいるのとは違って、時間などどうでもよいと感じられたからである。しかし、丸々一年がたち、去年はじめて来たときに、森の中の草地にあまい香

りを漂わせていた草花が、ふたたび花びらをひらくころともなると、家来たちはオデュッセウスのところにやってきて、こう言うのだった。

「ご主人さま、かりにもこの土地を去って、われら自身の故郷《ふるさと》にもどるつもりがおありなら、そろそろ、またイタケのことをお考えになってもよいころではありませんか」

というわけで、その夜、いつものように暗くなった広間で男たちが寝静まると、オデュッセウスはひとりキルケの部屋をたずねていって、話をきりだした。

するとキルケは、長い黒髪をくしけずりながら、こう言うのだった。

「そういうことなら、どうぞお発ちなさい。反対はいたしませんわ。でも、あなたが長い海の道をこえて、お国に帰りたいとお思いになっても、このわたしでさえ、そのためにあなたがお知りにならなければならないことを、すべてわかっているわけではありません」

「では、いったい誰が知っているのです？」

キルケはなおも髪をすきながら、こう返す。

「死者の国にまいらねばなりません。ハデスとペルセポネの暗い館《やかた》です。そこについたら、盲目《めしい》の予言者、テーバイのテイレシアスの霊を呼ぶのです。あなたに必要なことを教えられるのは、この方だけですわ」

これを聞いて、オデュッセウスは気持ちが沈んだ。生きた人間であるオデュッセウスが、死者の国におりていって、またもどってくるなどということが、どうやってできるというのだ？

しかしキルケは、そのためには、これこれの道をたどり、何それをすればよいのだと、ていねいに教えてくれた。そして、それればかりか、しかるべき時がきたら、これを生け贄《にえ》に捧げなさいと、黒い雄羊と、黒い雌羊を一頭ずつあたえてくれた。

つぎの朝、オデュッセウスは家来たちをすべて呼び集めた。そして彼らを率いて、船までおりていった。ただし、一人だけ例外があった。それはエルペノルという名の、彼らの中でいちばん年の若い男だった。エルペノルは、前夜、ひどく酔っぱらってしまったので、冷たい空気で涼《すず》もうと、たった一人で平たい屋根の上に登り、そのまま眠ってしまった。

そして翌朝、下の方から旅立ちを告げる喧騒《けんそう》が聞こえてきたので、あわてて屋根からおりようとした。ところが、まだ半分眠っているようなありさまだったので、はしごの段を踏みそこね、まっさかさまに地面に落ちた。そのために首の骨を折って、息たえたのだ。

残りの者は、自分たちはいまから故郷《ふるさと》イタケの家へ、家族のもとに帰るのだと思いこんでいたので、オデュッセウスから、その前に、まずもって行なわなければならない暗黒の航海のことを聞かされると、船のわきの砂浜に身を投げ出して、泣きくずれるのだった。しかし泣いていても、どうにかなるというようなものではないので、男たちは沈鬱《ちんうつ》な顔をしながら、船を押し出して浅瀬に浮かべ、帆や櫂《かい》をのせた。また、黒い雄羊と雌羊も、船の上にかつぎあげた。こうして準備がととのうと、オデュッセウスの一行はふたたび波の上に出た。すると、キルケのもとから遣《つか》わされてきた風が、思うがままに、彼らをはこんでいった。

それは、たった一日のことであったろうか？　それとも、そのあいだに、幾日も過ぎ去ったのであろうか？　風に押されるがままに、彼らは光の国を出て、闇の国へとくだっていった。地を帯のようにめぐりながら地中深くを流れるオケアノスの川に入った。そしてとこしえに霧《きり》にとざされ、決して日の光をあびることのない国にをすぎ、さらに、ペルセポネの国の、ポプラと柳のもの寂しい木立へとたどりついた。ここで彼らは船を浜にあげ、オケアノスの岸辺ぞいの道を歩きつづける。そうして死者の国の二本の川が出会う場所までやってきた。

この場所で、彼らは壕《ごう》を掘った。そしてこの穴の中に、ミルクと葡萄酒《ワイン》をまぜた蜂蜜《はちみつ》をそそぐ。この目的のために、わざわざキルケが贈ってくれたものだ。液体をそそぎながら、彼らは死者の霊に祈った。そそぎおえると、キルケに教わったように、オデュッセウスが雄羊と雌羊を生け贄《にえ》に捧げ、羊の赤い血を穴の中に流しこんだ。

血のにおいを嗅《か》ぎつけて、青白い死者の霊がやってきた。はるか昔に世を去った花嫁たち、若者たち、不幸な

3431
オデュッセウスの冒険
愛読者カード　ローズマリ・サトクリフ 著

＊より良い出版の参考のために、以下のアンケートにご協力をお願いします。＊但し、今後あなたの個人情報（住所・氏名・電話・メールなど）を使って、原書房のご案内などを送って欲しくないという方は、右の□に×印を付けてください。□

お名前《フリガナ》　男・女（　歳）

ご住所　〒　-

市　町
郡　村
TEL　（　）
e-mail　@

ご職業　1 会社員　2 自営業　3 公務員　4 教育関係
5 学生　6 主婦　7 その他（　）

お買い求めのポイント
1 テーマに興味があった　2 内容がおもしろそうだった
3 タイトル　4 表紙デザイン　5 著者　6 帯の文句
7 広告を見て（新聞名・雑誌名　）
8 書評を読んで（新聞名・雑誌名　）
9 その他（　）

お好きな本のジャンル
1 ミステリー・エンターテインメント
2 その他の小説・エッセイ　3 ノンフィクション
4 人文・歴史　その他（5 天声人語　6 軍事　7　）

ご購読新聞雑誌

本書への感想、また読んでみたい作家、テーマなどございましたらお聞かせください。

郵便はがき

料金受取人払郵便

新宿支店承認

3480

差出有効期限
平成22年10月
5日まで

切手をはらずにお出し下さい

160-8791

344

東京都新宿区
新宿一-二五-一三
(受取人)

原書房
読者係　行

1608791344　7

図書注文書 (当社刊行物のご注文にご利用下さい)

書名	本体価格	申込数
		部
		部
		部

お名前　注文日　年　月　日

ご連絡先電話番号 (必ずご記入ください)　□自宅　(　)　□勤務先　(　)

ご指定書店(地区　)　(お買つけの書店名をご記入下さい)　帳合

書店名　書店 (　店)

老人たち、それに、戦いに斃《たお》れた戦士たちの亡霊もあった。戦士たちの手にはなおも槍《やり》の影があり、身体には傷がなおも生なましい。オデュッセウスは、氷の塊のような恐怖をひんやりと腹に感じながら、家来たちにむかって、羊の皮をはぎ、聖なる供物《くもつ》をハデスとペルセポネのために焼くよう命じた。彼らが命じられたことを行なっているあいだ、オデュッセウスは抜いた剣を膝《ひざ》の上にのせ、壕《ごう》の縁《へり》に腰をおろして待った。どんな亡霊にも、テイレシアスより前《さき》に、新鮮な血に触れさせてはならないのだ。

最初に現われたのは、若々しいエルペノルの亡霊だった。エルペノルは自分の身体を焼いてくれとしきりに頼んだ。それまでは、他の亡霊たちに交わることができないからであった。そこでオデュッセウスは、キルケの島

に帰ったら、ただちにそうしようと約束した。つぎに、オデュッセウス自身の母親の亡霊がやってきた。母親は、オデュッセウスが故郷《ふるさと》を去った後で亡くなったのだった。しかし、オデュッセウスは悲しみをぐっとこらえ、テイレシアスに飲ませるのが先だとばかりに、母親にさえ生け贄《にえ》の羊の血に触れさせなかった。

そうして、ついに、盲目《めしい》の予言者の亡霊が近づいてきた。そして生け贄《にえ》の血を飲ませてほしいと、オデュッセウスに頼んだ。オデュッセウスは剣を鞘《さや》におさめると、後ろにさがった。

テイレシアスが血を飲んで、それによって力を得ると、はじめて、予言者としての声で語りはじめた。

「海の神ポセイドンは、息子の眼をつぶされたことを怨《うら》み、いまだにそなたへの怒りをといていない。だから、そなたの航海を、苦難の旅とするであろう。だが、わたしの警告に耳を傾けるならば、そなたと、そなたの家来たちは、故郷《ふるさと》の浜にぶじもどることができよう。

海をわたるうちに、そなたらはトリナキエの島に行くだろう。そこには、太陽の神ヒュペリオンの牛たちが、豊かな原で草を喰《は》んでいるであろう。この牛たちには手を出さず、そのまま平和に草を喰《は》ましめるのじゃ。そうすれば、ぶじに故郷《ふるさと》にもどることもできよう。しかし、いささかなりとも害するとせよ。その場合には、そなたの船、そなたの乗り組みの者たちに襲いかかる、大いなる破滅が見えておる。また、そなた自身は、仲間たちの運命をまぬかれるにせよ、たった一人で、よそ人の船にのせてもらいながら、争いと悲しみに満ちた家に帰ってゆく姿が見えておる。おごれる男たちがそなたの財産を食いあらし、そなたの妻ペネロペイアに結婚をせまっている。また、ペネロペイアは、そなたがとっくの昔に死んだものと思いこんでおる」

「さもあらばあれ。もし、それが神々のご意向とあらば、仕方のないことです」

オデュッセウスはこう言うと、母親の亡霊がなおもかたわらでゆらゆらとしているのが見えたので、どうすれば話ができるのかとたずねた。

「生け贄《にえ》の血に触れることを許せば、どんな亡霊でもそなたと話すことができよう」

とテイレシアスはこたえた。しかし、しゃべりながらもしだいに声がかすかになってゆき、そうして、すっかり姿が消えてしまった。

オデュッセウスの母親が近づいてきた。オデュッセウスは生け贄《にえ》の血をすすらせ、母親と話しはじめた。こんなところで何をしているのかと、まず母親が息子にたずねた。そして、長い年月にわたって息子が帰ってこなかったので、ついに悲しみのあまり息がたえたのだと話すのだった。二人はおたがいを激しく求めながら、話しつづけた。オデュッセウスは、三度《みたび》、腕をのばして、母親を抱こうとした。しかし、そのつど、まるで影か夢幻のように、母はすりぬけてしまうのだった。そうして最後には、母親のいた場所に空虚だけが残った。

やがて、死者の亡霊がもっと、もっとやってきた。そんな中に、アガメムノンの姿があった。アガメムノンはといえば、かつて地方の国々の王の上に君臨していた大王で、黒い船の集団を率いてトロイアを攻めた総大将で

もあった。アガメムノンは、黒々とした血をすすると、冥界《めいかい》へとくだってきた理由を話した。すなわち、国に帰るとさっそく祝宴がひらかれたが、これは一同のぶじな帰還を歓迎してくれてのものと思いきや、事実はそれとまったく逆で、飲んで食べて、安心しきっているところを、妻の愛人によって、いっしょに戦った仲間もろとも殺されてしまったというのだった。話しおえるとアガメムノンは姿を消し、今度は、強兵《つわもの》アイアスがやってきた。そしてそのつぎは、最高の武人アキレウスだった。ところがアキレウスは、こんなところで死者を治める王になるよりは、地上の貧しい農夫に召使として仕えたほうが、まだしもだというのだった。なにしろ、ここはといえば、いつも悲しい灰色の世界で、太陽の光がさすこともたえてなく、不死花《アスフォデル》のほかには、どんな花も咲くことがない

からであった。アキレウスは地上世界の友人や血縁の者の消息をたずねた。オデュッセウスが知っているかぎりのことを教えてやると、アキレウスは立ち去った。生きていたときとかわらない大股《おおまた》なので、すぐに、大勢の亡霊たちの中にのみこまれてしまった。

オデュッセウスと家来たちの目の前を、さまざまの光景が通りすぎていった。黄金の笏《しゃく》をもったミノス王がいた。さらに、猟師オリオンが、生きているあいだに殺したまさにその獣たちを、不死花《アスフォデル》の原の上でおいたててゆく姿があった。

タンタロスも見た。タンタロスはたえざる喉《のど》の渇きにさいなまれていた。きれいな水の中に顎《あご》までつかって立っていながら、頭を下げて水を飲もうとすると、水はひいてしまい、足もとの湿ったしみだけになってしまう。また、この水たまりの上に枝を垂れかけているナシやザクロの果実をとろうと、やみくもに手をのばすと、風が枝をつかまえて、雲のあいだに高々と投げ上げてしまうのであった。

シシュポスの姿もあった。シシュポスは、身体から汗をどくどくと垂らし、頭の上にまで土ぼこりをあげながら、心臓よ、破れよとばかりに渾身《こんしん》の力をこめて、大きな岩を山に押し上げようとしている。ところが岩は、頂上までくると、かならず、ふたたび底までころがり落ちるのだった。

おびただしい数の亡霊であった。彼らはつぎからつぎへと翳《かげ》から出てきて、どんどん群れ集まってきて、あたりの空気を、あわれな嘆《なげ》きの声でいっぱいにした。世がはじまって以来の、すべての死者の亡霊であった。目の前のそんな光景に、いまだ生きている男たちの胸に、さっきからずっとたまってきていた恐怖が、ついにがまんの限度をこえた。彼らはくるりと背をむけると、船を残してきたポプラの木立にむかって、できるかぎりの早足でもどりはじめた。

船につくと、男たちはもやい綱を解き、悲しみの岸辺をあとにした。そうして影の世界をぬけ、太陽の光のもとにもどってきた。そして、西風に乗っかって、キルケの島に帰った。

SEA PERILS

第6章　セイレンの海

　魔女キルケの島にもどって、オデュッセウスが真っ先に行なったのは、エルペノルの死骸《むくろ》を火葬にし、遺灰の上に土を盛って塚をつくることであった。すべてが終わると、オデュッセウスは、塚のてっぺんにエルペノルの櫂《かい》を立てた。

　埋葬がすむと、一同は、以前のようにキルケとともにご馳走《ちそう》を食べて、この前そこで宴《うたげ》にあずかったときいらい何が起きたかを、キルケに話した。そしてその夜、男たちの故郷《ふるさと》に帰るのだという決意がなお

もかたいことがわかると、キルケは、オデュッセウスにむかって、この先、どのような危険が待ち受けているかを話し、どのようにすれば切り抜けられるかを教えた。まず、恐ろしい海の精セイレンたちの海を抜けなければならない。つぎに、さまよえる岩の難所があり、そしてあげくのはてに、スキュラとカリュブディスという怪物が待っているのだ。このようなキルケの話にオデュッセウスはじっと耳を傾けて、教えられたことをすべて心に刻みつけるのだった。

夜が明けると、いざさらばと言いながら、一行は旅だっていった。キルケは森の中へ姿を消した。そうしてオデュッセウスの一行は船に乗りこみ、ふたたび見知らぬ海へ漕《こ》ぎ出していった。

最初のうちは、やわらかい風によってはこばれていった。これは、魔女キルケの最後の贈り物だった。しかし、しばらくすると風がぱたりとやみ、そよとも空気の動かない凪《なぎ》になった。そしてこんな凪の真っ最中に、花咲く草原のような島が、波の上にぷかぷかと浮かんでくるように感じられた。島からは、女たちの歌声が、ほのかにただよってくる。それはとても遠く、かすかで、ようやく聞こえはじめたばかりではあったが、とても甘く、まるで絹糸のように、聞く者をたぐり寄せないではいないように感じられた。しかし、キルケがあらかじめ教えてくれたので、オデュッセウスにはよくわかっていた。これはセイレンの歌声だ。この女たちは、花のあいだに座って、船でとおりかかる船乗りたちにむかって歌いかけるのだ。しかし、群生する花や、丈《たけ》の高い草に隠れてはいるけれど、そこには、野にさらされた髑髏《しゃりこうべ》がごろごろところがっていた。女たちの歌声にこたえたおかげで、その甘くも珍《めずら》かな歌に魂をさらわれて、命をおとした水夫たちがそこに眠っているのだ。

オデュッセウスは、水夫たちに――風がやんだので、櫂《かい》をとり、せっせと漕《こ》いでいたのだが――手を止めるよう命じた。そしてキルケからもらった、大きな蜜蠟《みつろう》のかたまりをとりだしてきて、つぎつぎと削りとると、小さな切れ端をつくっていった。そうしてオデュッセウスは、水夫たちにわけた。歌声が耳に入らぬよう、これでふさげというわけであった。

しかし、オデュッセウス自身はセイレンの歌を聞きたくてたまらなかった。そこで、水夫たちに命じて、頑丈《がんじょう》な縄で、自分の身体をマストに縛らせた。そして、いかに暴れようと、どんなことを叫ぼうとも、島がはるか後方になるまでは、決して縄を解いてはならないと、厳命するのだった。男たちは、言われたとおりのことを行ない、ふたたび櫂《かい》のところにもどった。そしてどんどん波をきり、船を進めていった。やがて島の海岸が近づき、美しい乙女たちの姿が見えた。オデュッセウスには、砂浜に寄せては返すさざ波の、ぴたぴたという優しい音《ね》とともに、女たちの甘い歌声が聞こえていた。

「もっとこっちにおいで、
ギリシア戦士の華《はな》、オデュッセウスよ。
船をここに寄せて、お休み。わたしたちの歌をお聞きなさい。
わたしたちの声は甘い。蜂の巣の、蜂蜜のようだよ。
わたしたちはすべてを知っている。トロイア以前に起きたことも、
実り多い大地に、いまから何が起きるかも……」

オデュッセウスの胸はあこがれでいっぱいになった。そこで、自

分を縛っている縄をほどこうと、必死になってもがいた。また、どうせ聞こえないとわかっていながらも、仲間たちにむかって、縄を切れ、わたしを自由にしろと喚《わめ》いた。しかし、男たちはただ櫂《かい》をあやつる手を速めただけだった。こうして船はいよいよすみやかに、波の上をすべっていった。やがて島ははるか後ろにとり残され、セイレンの声も消えた。

そこで男たちは耳から蜜蠟《みつろう》をとり出し、オデュッセウスのいましめを解いた。オデュッセウスはというと、この世のすべてを失ったかのように、さめざめと泣いているのだった。

このようにして、キルケから教わった最初の危難はぶじ切り抜けることができた。

しかし、ほどなくして、つぎなる危難が襲いかかってきた。渦《うず》を

なす水しぶきの霧《きり》になかば隠れながら、とてつもなく大きな二つの真っ黒な岩が、雲をつかんばかりに、頭をもたげていた。そして、そのあいだを、高山を駆けくだる早瀬のような、海の隘路《あいろ》が走っていた。左手の岩のすぐ下には、逆巻《さかま》き、煮えたぎるかのような渦巻《うずまき》があった。海の怪物カリュブディスが、日に三度《みたび》海を吸いこみ、そして三度《みたび》それを吐き出しているのだ。こんな渦巻にとらえられたら、どんな船もひとたまりもなかった。これに対して、右手の岩山の中腹にはぽっかり洞穴があいており、そこにも怪物が棲《す》んでいた。その名もスキュラというこの怪物には、鱗《うろこ》におおわれた長細い首が六本ついていて、どの口にも、鋭い歯が三列はえていた。また、それぞれに十二本の長い触覚があり、その端にはかぎ爪がついているので、これでもって獲物をつかまえることができた。獲物といえば、大きな魚でも、イルカでもよく、人間でもかまわない——ここに通りかかったなら、それこそ、来《きた》る者はこばまずだった。

こうしたことが、オデュッセウスにはすっかりわかっていた。キルケから教わったからだ。しかし、こればかりではなかった。峨々《がが》たる岩山の左右の海面では、波がしらがくずれ、ぶくぶくと泡立《あわ》っているのだが、その下には、ぎざぎざにとがった暗礁《あんしょう》がひろがり、しかもそれらは海底に固定しているのではなく、自由に浮遊しているのだ。そして、船でも、ちっぽけな海鳥でもよいが、もしもこうした暗礁のあいだを通過しようとすれば、たちまち、暗礁と暗礁がまるでシンバルのように閉じ合わさり、ぎりぎりとこすれ合うので、その後には、ばらばらになった船と水死人、あるいは数枚の血まみれの鳥の羽根が残されるばかりであった。こんなわけで、神々は、この暗礁のことを《さまよえる岩》と呼んでいた。

ここを通りすぎようと思えば、スキュラとカリュブディスのあいだを行くしかなかった。したがって、この恐ろしい航路にしたがう者には、いったんつかまえたら船一隻をまるごと吸いこんでしまうカリュブディスを選ぶか、一時《いちどき》に数人の人間しかさらうことのできないスキュラを選ぶか、どちらかしかなかった。腹の中のむかつきを隠しながら、オデュッセウスは舵取《かじと》りの男にむかって、右側の岩にぴったりとくっついて行くよう指示をあたえた。ただし、なぜかは説明しない。

オデュッセウスの船は隘路《あいろ》に突入した。なるべくスキュラの岩に寄りそうようにして進んでゆく。そうして、ふつふつと、ごうごうと、そしてまたぎしぎしとうなりをあげなが

ら、船をつかまえよう、深い海の底に吸いこんでしまおうとする渦巻きから、必死に遠ざかろうとするのであった。こうしてけんめいに櫂《かい》を動かしながらつき進んでゆくと、岩の洞穴から、スキュラの六つの首がいきなり飛び出してきて、六人の漕《こ》ぎ手をつかみあげた。さらわれた男たちはもがき、喚《わめ》きながら、助けてと絶叫するが、助けることなど誰にできるだろう。一瞬のあいだに、男たちは洞穴の暗闇の中に消えた。そして彼らの悲鳴は、ごうごうたる波の騒ぎにまぎれてしまった。

オデュッセウスは残された男たちにむかって叫んだ。

「漕《こ》げ！　神々の名において、腕がちぎれるほど漕《こ》ぎまくれ！」

男たちは櫂《かい》をとる手に力をこめると、いままで経験したことがないほど、激しく漕《こ》いだ。こうして犠牲になった仲間を残したまま、恐ろしい隘路《あいろ》を抜け、ついにひらけた海原に出てきたのだった。

人間というのはこれほど疲れることがあるのだろうかと思われるほど、男たちはぐったりとしていた。したがって、後になって、おだやかそうな緑の島が見え、羊の鳴き声、牛の低い声が聞こえてくると、まだかなり離れているにもかかわらず、ようやくここで休めるのではないかと早々と期待をしはじめた。もう、休まないではいられないほど、疲れきっていた。

しかしオデュッセウスは、太陽神の牛のことで、テイレシアスから警告されていたことを思いだし、乗り組みの男たちに、どんどん漕《こ》ぎ進むよう命じた。ところが、エウリロコスが異をとなえた。男たちは、もうこれ以上漕《こ》ぐことはできない、陸にあがって食事をし、陸の上で眠らないことには、もはや海上を行くことなどできないと言い立てた。すると男たちもこれに声を合わせて、休まないではいられないと叫びだすしまつだ。ここはゆずるしかないと、オデュッセウスは思った。ただし、その前に、ヒュペリオンの牛には手を触れないと誓わせたのは、もちろんのことである。

彼らは、ひっこんだ入江を見つけ、そこに船をつなぎ止めて、陸に上がった。そうしてキルケからもらった食糧を食べると、あまりの疲労に仲間を失った悲しみも忘れはて、ごろりと横になると、そのまま眠りこけてしまった。

ところが、夜中になって、雲を集める神ゼウスが大嵐をつかわした。黒雲が海と空をおおい隠し、西からの烈風が海岸の上に波をたたきつけた。オデュッセウスとその仲間たちは、なんとか、かんとか波打ちぎわから船を引き上げ、草のしげる浅い窪地《くぼち》まで引いていった。そこは、太陽神の牛の世話をするニンフたちが、踊りのために用いていた場所であった。この場所で、オデュッセウスの一行は腰をおちつけて、嵐の過ぎ去るのを待つことにした。キルケからもらった食糧のたくわえはまもなく底をついた。男たちは、このような天候の中でもなんとか手に入れることができる、わずかばかりの魚や海鳥で、ようやく食いつないだ。ついに、万策つきたオデュッセウスは、たった一人で島の真ん中へとむかっていった。そこに立っている神殿で祈りをとなえ、オリュンポスの神々にむかって、助けをもとめようと思ったのである。そして祈りおえると、眠りがオデュッセウスに襲いかかった。

目がさめても、嵐はまだ荒れくるっていた。オデュッセ

ウスはふたたび船にむかって歩きはじめた。そうしてエルフの緑の踊り場のある入江に近づいてゆくと、風にはこばれて、肉をあぶるおいしそうな香りがただよってきた。

「神々の慈悲がいただけることを、願うしかない」

とオデュッセウスが男たちを叱《しか》りつけると、エウリロコスが言い訳をのべるのだった。

「もしも牛を食べないと、われらが飢えることはまちがいありません。飢えで死ぬのは苦しいですよ」

こうして、彼らは越えてはいけない一線を越えてしまった。だが、いくらいまから腹を空《す》かせたままでいても、とりかえしのつくことではなかった。というしだいで、彼らは殺した牛の肉を食べた。六日のあいだ、これで腹をもたせた。

六日目に嵐が去った。すっかり風がおち、雲のあいだから太陽が顔をのぞかせた。一同は、船を浅瀬まで引きずりおろし、帆を張った。太陽神も、牛を殺されたことを赦《ゆる》してくれるだろう、われわれはあれほど食べるものに困っていたのだからと、希望に胸をふくらませるのだった。

しかし、陸が見えなくなったとたんに、大きな雷雲がにょきにょきと空にのぼってきた。

まわりの海には陽光がふりそそぎ、青々としているというのに、オデュッセウスの船だけが暗黒の影につつまれた。そうして、激しい突風が襲いかかってきて、帆や策具《さくぐ》を引き裂き、帆柱をぽっきりと折った。帆柱はぐしゃんという轟音《ごうおん》とともにたおれ、舵取《かじと》りの男の頭を直撃した。男は船尾《とも》からなぎはらわれたが、波をたたいたときには、すでに息がなかった。ついで、嵐の雲の真っ黒な中心から、ぎざぎざの稲妻《いなずま》が、船をめがけてまっさかさまに落下してきた。衝撃とともに船はかしぎ、よろめいた。あたりの空気には、硫黄《いおう》のひどい悪臭がみちた。男たちは手足をばたばたさせながら、海中に投げ出された。

しばらくのあいだは、男たちの真っ黒な頭が、波間にただよう水鳥のように、浮き沈みしていた。しかし、やがて、一つ、また一つと沈んでいった。

綱にしがみついていたオデュッセウスだけが、最後まで残った。オデュッセウスは、船がばらばらに砕《くだ》けると、帆柱の上に身体をひっぱり上げて、それにしがみついた。

嵐は、生じたきと同じように、またたくまにおさまった。あとには帆柱だけが浮いていた。そして帆柱の上にはオデュッセウスがのっていた。大勢の仲間の中で、ただ一人生き残ったオデュッセウスは、九日と九晩、長く、長く漂っていた。

十日目の夜になった。生きているというよりは、ほとんど死人のようなありさまのオデュッセウスは、またもや、島に打ち上げられた。そして夜が明けてゆく白じらとした光のなか、海鳥の鳴きかわす浜の上で、まるで波打ちぎわに打ち寄せられた海藻のような姿で、オデュッセウスは倒れていた。そして、この島の主《あるじ》であるニンフ——カリュプソによって発見された。

第7章　テレマコスの旅

七年という長い年月のあいだ、オデュッセウスはカリュプソの島にとどまった。そこは、船の行きかう航路から大きくそれていた。またオデュッセウスには、みずからの船を造ろうにもその手立てがなかったし、かりに建造できたとしても、それを漕《こ》ぐべき人間を見つけることなど不可能であった。それにまた、カリュプソは他のことではオデュッセウスに親切にしてくれたが、ことが故郷《ふるさと》への航海の話となると、どうしても力になることができなかった。というの

TELEMACHUS SEEKS HIS FATHER

も、カリュプソは胸を熱くして、オデュッセウスがこのまま島にとどまり、永遠に自分の恋人でいてくれることを、切に望んでいたからだ。

しかしオデュッセウスが切に望むのは、岩だらけのイタケの島と、わが家《や》の炉から立ち昇る煙をただ一目みたいものだと、ただそればかりであった。

こうして月日がどんどん過ぎていった。

いっぽう、イタケでは、オデュッセウスの妻ペネロペイアと、息子のテレマコス――黒い船団がトロイアにむけて旅だったときには、まだほんの嬰児《あかご》であったテレマコスは、いやが上にも悲しい日々をおくっていた。というのも、オデュッセウスの消息がないままに、月に月が重なり、年に年が重なってゆくにつれて、オデュッセウスは死んだものと、誰もが思いはじめたからである。そんなななかで、傷心のあまり、オデュッセウスの母親が亡くなった。また、こうして妻に死なれたイタケの王ラエルテスは——なおも存命であったので、息子が征途についているあいだ王国を治めていなければならないのに（これはエジプトでもときどきあったが、イタケでは父と息子がともに国を治める習慣《ならわし》だった）——急に老けこんでしまって病気がちとなり、残された地上の日々を田舎の農園で過ごすべく隠居してしまった。ところが、テレマコスはまだうら若き少年である。したがって、いま、イタケには強力な君主が不在なのであった。そして、黒い船団が出航していったころに少年であった者たちが、いまや立派な若者に成長したまではよかったが、手のつけられない不良集団になってしまった。彼らは、何ごとにつけても、心のおもむくまま、勝手放題にふるまっていた。そして、いまや、どの男もペネロペイアを妻にし、それによって王国をのっとろう、正統な後継者であるテレマコスなどけ落としてやるのだという思いに、心を傾けていた。

まるで群れ集った貪欲《どんよく》なカモメのように、青年たちは宮殿に襲いかかってきた。彼らは王の牛を殺し、王の葡萄酒《ワイン》を飲みちらし、王妃がわれらのうちの誰かを夫に選ぶまではここに居座るつもりだなどと、公然と言い放つのであった。そして、誰が何と言っても立ち去ろうとはしなかった。

ついに、困り果てたペネロペイアは、この連中をしばらくのあいだでも遠ざけておこうと思い、こんな約束をした。つまり、老王ラエルテスがお亡くなりになったときに、まとっていただこうと、いま、美しい麻布の屍衣《しい》を織っているが、これが完成したあかつきには意中の人を明かしましょう、と言ったのだ。ペネロペイアは、日がな一日、機《はた》にむかって布を織った。しかし、夜になるとかならず、自分に求婚している貴族のどら息子たちがそれぞれの屋敷で、また宮殿の外屋敷で眠りにつく頃合いを見はからって、その日織り上げたものをすべてほどいてしまうのだった。そんなわけで、織物がわずかなりとも完成に近づくことはなかった。こんな具合にして、しばらくは、若き求婚者たちはペネロペイアを攻め落とすことができなかった。ところが、ペネロペイアにたいして怨《うら》みをいだいている女奴隷《どれい》がおり、この女が、ペネロペイアの秘密をばらしてしまった。こうしてペネロペイアは織物を完成させないわけにはいかなくなった。しかし、それでもペネロペイアは、必死に言を左右にしながら、夫を選ばねばならぬ時を日一日と先のばしにしていった。ところが求婚者たちは以前にもまして荒々しい態度で攻め立てるようになり、ついに態度をはっきりとさせなければならない時が、刻々と近づいてきた。

そんなとき、《輝く眼のパラス》、すなわち知恵の女神アテナ——いつもオデュッセウスびいきだったアテナが、ついに、高いオリュンポスの嶺《みね》から下界を見下ろして、そこで何が起きているかを知った。そうして、他の神々にむかって、オデュッセウスのために弁じた。つまり、いまオデュッセウスはカリュプソの囚人《とらわれびと》となっていること、カリュプソはオデュッセウスの愛を得たいがために、故郷《ふるさと》と同胞のことを忘れさせようと努めていること、しかしそれにもかかわらず、オデュッセウスはなおも強い望郷の思いをもっているが、そんなあいだにも、他の男たちがオデュッセウスの財産を食いあらし、おまけに妻を盗もうとしているような状態にあることを、縷々《るる》物語った。そして、アテナは他の神々にむかってこう言うのだった。自分はいまからイタケにおもむき、息子のテレマコスに会ってくる。そして、あなたはもう十分に大人なのだから、みずからことの解決に乗り出すべきだと説得しよう。そのいっぽうで、いますぐ使者ヘルメスをカリュプソのところに遣《や》り、愛する者を失うのはつらかろうが、そろそろオデュッセウスを手放して、旅路につかせてやるべき潮時だという、神々の意向を伝えさせよう……というのだった。

けっきょく、アテナは神々を説き伏せることに成功した。ただし、そのなかにポセイドンはふくまれていなかった。このとき、ポセイドンは人間のからんだ問題でエチオピアに行っていて、留守だったのだ。

　アテナは流れ星のように光りながら、一瞬にしてイタケに下り立った。アテナは人間たちのあいだを容易に歩くことができるよう、メンテスという名の、オデュッセウスの旧友の姿をかりた。そしてこの姿で、宮殿へとむかった。

　館《やかた》の前の、大きな柱廊《ポルティコ》に、問題の若者たちがたむろしていた。彼らは殺して食べた雄牛の皮の上に尻をつけて、骨投げの遊びに興じていた。召使たちは忙しく立ち働きながら、夕餉《ゆうげ》の用意をしている。テレマコスは、自分の屋敷なのに、戸口にたたずむことすら許されないのだろうか、一人ぽつんと離れて立っていた。見知らぬ者の姿をみとめたテレマコスは、歓迎の言葉をかけ、大広間の中へとみちびいた。この客人は、じつは、女神アテナなのだなどとは知るよしもなかった。

　やがて求婚者たちがどやどやと傍若無人《ぼうじゃくぶじん》な足どりで入ってきて、夕餉《ゆうげ》の皿が広げられたテーブルにたかった。そこで、テレマコスは客人をわきに案内し、静かに落ち着いて食べられるよう、小さなテーブルに座らせた。そして召使たちが料理をすっかりならべおえると、求婚者たちには聞こえないよう声をひそめながら、なぜ、父親の舘《やかた》の大広間に、このような無礼な一団が陣どっているのか説明し、父親はもうとっくの昔に死んでしまったのではないかという、胸に巣食った心配を打ち明けるのだった。そうして、相手にむかって、名前をたずね、どんな用でこちらに来たのかとたずねた。

いぜんとして隊長メンテスの姿をかりたままのアテナは、自分はメンテスという名で、オデュッセウスの古い友人であり、銅を仕入れにキプロス島にゆく途中なのだが、オデュッセウスはすでに帰っているだろうから、ちょっとイタケにも立ち寄ろうと思ったのだと話した。というのも、オデュッセウスが生きていることはまちがいないし、故国《くに》に帰る船路についているはずだ…と、こんなメンテスの話を聞いたテレマコスの顔に、希望の焔《ほのお》がぱっと燃え上がった。そこでアテナは、イタケの市民の集会をひらき、人々にむかって求婚者どもの目にあまるふるまいを訴えなさいと助言するのだった。また、船の出航準備を命じて、父親についての最新の消息を得るためにみずから旅に出なさいとすすめた。

こう言うと、アテナは広間をあとにした。あとに残されたテレマコスは、生まれてはじめて、自分の精神に心棒が通ったような気がした。

つぎの朝、若き王子テレマコスは、市民の集会を招集し、成人した人間として、またオデュッセウスの息子として話しかけた。しかし、これはまったくの徒労であった。求婚者たちから返ってくるのは、嘲《あざけ》りやあなどりの言葉ばかり。それに、その他の者たちは、テレマコスのために心をいため、現在の悪《あ》しきありさまを愁《うれ》える気持ちは大いにあるものの、自分たちにはいかんともしがたいのだと、無力感にさいなまれるばかりであった。

この日の夕方、やはりオデュッセウスの旧友の姿をかりながら、ふたたびアテナがやって来た。テレマコスは、このアテナの励ましの言葉にうながされて、二十本の櫂《かい》をもつガレー船の航海準備をするよう命じた。そして、自分はいまからネストル王とメネラオス王のもとをたずね、父親の消息をきいて来るのだと、求婚者たちにむかって公然と言い放った。しかしテレマコスは、母親には話さなかった。そのため、船旅のための食糧と葡萄酒《ワイン》をととのえてくれたのは、乳母《うば》のエウリュクレイアであった。この女はテレマコスの乳母《うば》であったばかりか、その前には父親のオデュッセウスの乳母《うば》をもつとめていた信頼のあつい人物で、王の貯蔵倉の鍵をあずかっていたのである。

そうして、夜。濃い葡萄酒《ワイン》色の海の上を、(アテナのはからいにより)歌うように吹きわたる風を背に受けながら、一行はイタケの港を出ていった。

ところが、いっぽうの求婚者たちは、憤激《ふんげき》するとともに、恐怖にもかられ、いっそのことテレマコスを亡きものにしようという陰謀《いんぼう》をくわだてた。そこで、この連中の中で指導者のように目されていた一人、アンティノウスが言った。

「わたしに、船一隻と、二十人の乗り組みをあずけてくれ。イタケとサーメの断崖のあいだで待ちぶせて、テレマコスの野郎が帰ってきたところをとっ捕まえてやる。お父上をさがす海の物見遊山にゃ、てひどい結末が待っているってことよ」

若者たちはやんやと手をうって、賛成した。

翌日の正午、テレマコスと水夫たちは、ネストルが治めるピュロスの城市《まち》の海岸に到着し、砂浜に船を引きあげた。老王ネストルはテレマコスを暖かく歓迎してくれたが、父親の消息について、すでに知っている以上のことを教えることはできなかった。翌日になると、テレマコスはふたたび旅に出た。テレマコスのために、ネストル王が馬車を貸してくれ、王の息子の一人で、トロイアでも戦ったピシストラトゥスが馭者《ぎょしゃ》をつとめてくれることになった。こうして、馬車で行くこと二日、午後も遅い時間になって、二人は急な丘の道をくだり、一面に小麦畑のひろがるスパルタの国へと入っていった。そうして夜闇の帳《とばり》がおりるころ、二人は石だたみをがらがらと鳴らしながら、メネラオス王の城砦《じょうさい》の門をくぐった。

さて、メネラオス——それにヘレネ——も、トロイアを離れて以来、長くつらい航海の日々をおくり、ようやく最近になって故郷《ふるさと》に帰ってきたばかりだった。そんなわけで、王と戦士たちが凱旋《がいせん》を喜び、祝宴にうち興じているところに、テレマコスとピシストラトゥスの二人がやってきたというわけであった。メネラオス王は目の前の二人にたいして、誰だとはきかなかった。客人がたっぷり飲んで食べる前にそんなことをたずねては、礼を失することになる。そこで王は、二人の客人ために熱い湯ときがえの衣

の用意を命じた。そして湯浴《ゆあみ》ときがえがすむと、王は二人を自分のテーブルに呼んだ。

食事が終わると、それまで自分の部屋にこもっていた《美しい頬《ほほ》のヘレネ》が、大広間に入ってきた。かつてとかわることのない、すばらしい美貌《びぼう》であった。ヘレネの後ろには、二人の侍女がついてきた。この乙女たちは、ヘレネの黄金の紡錘《ぼうすい》と、銀の糸巻棒を持っている。そして糸巻棒には、このうえもなく深い紫色の毛糸が巻かれてあった。ヘレネはメネラオス王の膝《ひざ》のそばに腰をおろした。そうして糸巻をまわしはじめ、ふと目をあげると、炉のむこう側のテレマコスの顔に視線が落ちた。ヘレネはメネラオスに身を寄せると、こうたずねた。

「王さま、客人たちにお名前と、どこからいらし

たかをおききになりましたか？」

「いや、まだだ。今夜ぐっすりと休んでもらって、明日の朝きこうと思ったのだ。旅にお疲れのようすなものでな」

「一人については、朝まで待つまでもなく、わたしがお答えできますわ」

とヘレネは、客人たちにむかってあでやかに微笑《ほほえ》みながら言うのだった。

「お若い方のかたは、テレマコスさまではないでしょうか。ほら、わたしたちの昔からの親友のオデュッセウスのご子息ですわよ。よく似ているとお思いになりません？」

メネラオスは、先ほどよりももっと目をこらし、若者をしげしげと見た。そうして、

「おお、おお、そう言われてみれば、よく似ているじゃないか。笑ってよいやら、泣かなきゃならんのか、さっぱりわからないね。それとも、両方いっしょにすべきかな」

テレマコスはあまり他人と顔を合わせることに慣れていなかったので、まるで少女《おとめ》のように頬を染めるばかり、もじもじとして一言も返すことができない。そこでピシストラトゥスが、かわりに、この者はいかにもオデュッセウスのご子息で、父の消息をもとめてやって来たのだと説明した。また自分はネストルの息子ピシストラトゥスで、テレマコスに

つきそってきたのだと話した。こうして紹介がすむと、一同はひとしきり笑って、泣いた。そしてヘレネが、《トロイアの御守《おまもり》》を盗みにきたオデュッセウスが、乞食に身をやつして自分の屋敷にきた話をした。すると、メネラオスも、オデュッセウスが木馬の計略を考えつき、それによって、ギリシア軍がトロイアの城市《まち》に侵入することができたのだという話を披露《ひろう》するのだった。

しかし夜がふけてきたので、この夜は、オデュッセウスがいまどこにいそうか、あるいはそもそも生きている可能性があるのかなどといった話題は、それ以上話されることがなかった。

つぎの日になった。テレマコスは、歓迎してくれる主人にむかって、イタケのなげかわしい事情や、自分の母親の悲しみにはじまり、父が死んだと思いこみ、宮殿におしかけて母の夫におさまろうとする、厚かましい求婚者たちのことを、あらいざらい話した。そして、たまたま通りかかった銅の商人から、父がなおも生きているという話をきかされたので、こうして、メネラオス王のもとまでやってきて、父の噂《うわさ》をお聞きになっているか、いったいどこにいるのかご存じないかをおたずねしているしだいなのです、と言うのだった。

「おたずねになったことの一部は、お話しできよう」

と、メネラオスがこたえる。

「これは奇妙な話なのだが、真実であることを神に祈りたい。わたしはトロイアを出てほうぼうさまよううち、キプロス島、エジプト、フェニキア、それにアフリカ北岸のリビアにまで流された。そして、だいたい一年ほど前のこと、大風が吹き、ほぼ一か月というもの、ファロスに足止めをくった。そこは、ナイルの河口から船で一日ほどの航程だ。この島で、われわれはほとんど餓死《がし》しそうになった。食糧がすべてつきていたのだ。だが、この島には、《海の老人》プロテウスの娘にあたる女神が住んでいる。そしてわれわれのことを憐《あわ》れに思し召しになり、あるとき、わたしが仲間からはずれて一人で歩いていると、どうすれば怒れる神々をなだめ、順風を遣《つか》わしてもらえるか、自分の父親だけが教えることができると、親切にも教えてくれた。この女神の言うのに、プロテウスは、毎日、正午に海から出てきて、仲間のアザラシたちにぐるりをとりまかれながら、浜で眠るのが習慣だ。そこで、眠っているプロテウスを襲い、（ふり離そうとして、プロテウスはさまざまの恐ろしい姿になるだろうが）おさえておくことができれば、最後にはほんらいの姿にもどり、わたしのたずねることに答えなければならなくなるはずだ、という。

女神は砂浜にごく浅い穴を掘り、わたしと、三人の仲間を寝かせ、アザラシの皮でおおってくれた。そのまま、われわれは待った。

正午になると《海の老人》がアザラシたちとともに上がってきて、波の模様《もよう》のついた砂浜の上にごろりと横になった。眠るころあいを見はからって、われわれは老人の上に飛びかかり、あらんかぎりの力をこめておさえつけた。老人はライオンになり、猪《いのしし》になり、豹《ひょう》になり、蛇《へび》になり、さらに流れる水に姿をかえ、花でいっぱいの高木にもなった。だが、われわれは離さなかった。すると、ついに、老人はまたもとの自分の姿にもどった。そうしてから、わたしの質問にこたえてくれた。つまり、順風に恵まれたければ、ナイルの河口にもどり、よろずの神々に生け贄《にえ》を棒げなければならない、そんなことは、そもそも出帆する前に行なっておくべきだったのだ、と教えてくれたのだ。そこでわたしは、友人や血縁の者の消息をたずねた。すると、わが兄のアガメムノンが、みずからの舘《やかた》で殺されたことを教えてくれた。この悪《あ》しき物語は、そなたもすでに聞きおよんでいるだろう。そして、最後に、オデュッセウスのことになり、ニンフのカリュプソによって、遠い島に囚《とら》えられているのだと、老人は言った。カリュプソに愛されてしまったというのだ。この七年というもの、オデュッセウスはこの島で過ごしている」

と、メネラオスの長い話がようやく終わりに近づいた。

「つねに故国《くに》に帰りたい、同胞に会いたいと胸がはちきれそうな願いをいだきながら、過ごしている。しかし、その方面に船が通りかかることはまったくないのだ」

「どうすれば、その島を見つけられるのでしょう?」

メネラオスの話が終わらないうちに、テレマコスがたたみかける。

「その手立てはない。だが神々は、大勢いた仲間の中で、わざわざオデュッセウスを――オデュッセウスだけを、たいへんな手間もかえりみず、なおも生かしているのだから、きっと最後には故郷《ふるさと》に帰ることのできるよう、はからってくださるおつもりだろうよ」

テレマコスが得られたのは、このようなぐさめの言葉だけであった。

第8章　カリュプソとの別れ

テレマコスがなおもメネラオスの宮殿で過ごしているあいだに、神々は使者ヘルメスを、ニンフのカリュプソのもとに遣《つか》わした。ヘルメスは翼《つばさ》のついたサンダルの革ひもを足にぎゅっとからめると、はるか下界のカリュプソの島をめざして飛んでいった。そうしてカリュプソの住む洞穴のすぐ前に下り立った。カリュプソは中

FAREWELL TO CALYPSO

にいた。機《はた》の前に座り、純金の梭《シャトル》を前へ後ろへと動かしている。歌をくちずさみながら、布を織っているのだ。炉には火が燃えていた。そして洞穴の中は、杉と白檀《ビャクダン》の燃えるすがすがしい香りでいっぱいだ。洞穴の周囲には、榛《はん》の樹、ポプラをはじめとして、さまざまのかぐわしいキプロスの樹々が茂っており、その枝々にはハヤブサやミミズクが遊んでいた。洞穴の入口には葡萄《ぶどう》の枝がしだれかかり、葡萄《ぶどう》の実の深紅の甘い汁をぽたりぽたりと垂らしていた。そして洞穴の下には、花咲く草原がひろがり、四つの泉から湧《わ》き出る清冽《せいれつ》な水が流れていた。囚《とら》われ人となる場所として、これ以上に愉快な場所はまず考えられなかった。

ヘルメスは洞穴の中をのぞき込んだ。オデュッセウスはいなかった。いつも昼間の時間を過ごす、もの寂しい岬の上に行って、留守だった。そう、オデュッセウスはこの七年というもの、日の高いあいだはそこに立ちながら、船の帆影が見えないものかと、はるか波の上を見やって過ごしてきたのだ。船が来ることなどありはしないと、オデュッセウスには痛いほどわかっていた。しかし、故郷《ふるさと》の山に憧《あこが》れる気持ちが心を焦がしてやまないのだった。

ヘルメスの姿を見ると、カリュプソは布を織る手をとめた。そして、これはようこそおいで下さりました、さあ、どうぞこちらへとていねいに招じ入れると、きらきらと輝く布をかぶせた椅子に座らせた。そうして、神の飲物、食物である、ネクタルとアンブロシアをヘルメスの前に置くと、こう言った。

「黄金の杖《つえ》のヘルメスさま、他のどなたにもまして、あなたさまにお越しいただくのはうれしゅうございますが、今日、こちらに来られたわけをお話しくださいませ。あなたにご来訪いただくことは、めったにございません。何か、わたくしに、こうしろ、ああしろとお命じになりたいことがあるのですか。ならば、おっしゃってくださいませ。それがわたくしにできることであるなら、喜んでさせていただきましょう。でも、その前に、お食べになり、ご休息をおとりくださいい」

ヘルメスは食事をはじめた。そしてすっかり食べおわると、やってきた理由を、こう話した。

「ここにわたしを遣《つか》わせたのは、父なる神ゼウスさまにほかなりません。オデュッセウスという男のことで、ご用があります。そう、トロイアで九年のあいだ戦い、そなたがこの場所にとどめている、あの男のことです。故郷《ふるさと》にむかう途中で、オデュッセウスとその船団の乗り組みたちは海神ポセイドンの怒りをかい、それぱかりか、やがて太陽神ヒュペリオンの怒りをもかったために、報復として、この二人の神は嵐をはじめとして、およそさまざまの禍《わざわ》いを、オデュッセウスの一行にさしむけました。その結果、仲間の者たちは一人のこらず死に絶え、ひとり寂しく生き残ったオデュッセウスは、風と波によってそなたの島の浜べに打ち上げられました。そして、命にかぎりある人間どもが数えるところの、七年という期間にわたって、そなたはオデュッセウスをみずからのもとに留めおきました。いま、全能の神ゼウスさまがお命じになっています。オデュッセウスの身を自由にして、その旅路につかしめよと。ここで同胞の者たちから遠く離れて生き、そして死ぬのというは、オデュッセウスにあたえられた運命ではないのです」

これを聞くと、カリュプソの身体は、悲しみと怒りで、ポプラの樹のようにぶるぶると震《ふる》えはじめた。そうしてこう叫ぶのだった。

「なんて冷たい方なの。冷たくて、嫉妬《しっと》深くて——ええ、オリュンポスの嶺《みね》に住み、この世の凍える雨やら、悲しみを知ることのない神々なんて、みんなそうだわ。わたしは、よるべのない憐《あわ》れなあの人を浜で見つけたので、ここにかくまってあげました。そうして、それ以来ずっと、あの人を愛し、慈《いつく》しんできました。あの人を命の絶えることのない身にしてさしあげたいと、どれほど願ったことか。でも、あの人はそんなわたしの贈り物を、受けとろうとはなさらなかった。いま、あの人の身を自由にせよ

とおっしゃる。ええ、けっこうですとも。それが神々の定めたもうところなら、従うしかありませんわ。だけど、旅路につかしめよと言われても、どう手をかせばよいのです。わたしには船もないし、漕《こ》ぐ者もさしあげられませんわ。でも、わたし、どうぞご自由にお発ちくださいって、あの人に申し上げます。それに、できるかぎりのお手伝いもいたしますわ」

「そうしなさい。一刻も早く」

と、ヘルメスがこたえた。

「早ければ早いほどよいのです。ぐずぐずしていると、ゼウスさまがしびれをきらせて、あなたへの怒りをつのらせますよ」

こう言うと、ヘルメスはカリュプソの炉のそばから姿を消した。

カリュプソは悲しい足どりで浜辺におりていった。いつもの場所にオデュッセウスがいた。岩の上に腰をおろし、両手にすっぽりと顔をあずけながら、じっとはるか海の上を眺めていた。両の眼はとめどなくあふれる涙のために、真っ赤にはれている。カリュプソはそっとオデュッセウスの肩

に手を触れた。

「もうこれ以上、泣きながら、この島で人生をむだに過ごすことはありませんよ。あなたを旅路につけてさしあげるべき時がきました。あなたは、ご自分の家の炉と、そのわきに座っているお方のもとに帰るのです。わたしは自分が望もうと望むまいと、このことを神々のご命令によって行なわねばならないのです。ですから、親身になり、心をつくして、お助けいたしますわ」

しかしオデュッセウスは重い頭をあげて、こう返した。

「自由にしてやると言われても、わたしはどうやってこの場所から去ればよいのです?」

「ご自分で舟をお造りなさい。そのための道具と木材はさしあげますわ。それに、パンと水と葡萄酒《ワイン》を積んであげましょう。それればかりか、故郷《ふるさと》へとはこんでくれる風をあげるわ」

と言いながら、カリュプソは深く、悲しいため息をついた。

「とはいうものの、あなたの目にはまだお見えにならないでしょうけど、あなたがもう一度ご自分の屋敷の炉のわきにぶじに座るまでには、とてもたいへんな目にあわねばならないのですよ。ですから、わたしのもとに留まるほうをお選びになってはいかがでしょう？　そうしたら、奥さまにはもう二度と会うことができませんけど……　わたしにはわかってますわよ。来る日も来る日も、あなたは奥さまに会いたいと念じていますわね」

「どうか、こんなわたしに腹を立てないでいただきたい」

と、オデュッセウスはかえす。

「ペネロペイアには、あなたのような美しさはありません。命にかぎりある人間の女が、どうして不死の者の輝きを放つことができましょう。ではあっても、お察しのように、わたしはペネロペイアのもとにもどりたいのです。それから、航海の難儀、危険については、たとえ、ふたたび難破の憂《う》き目にあうことがあるにしても、これまでと同じように、それに耐えなければなりません。そうして、海と、海の危険を前に、わが運を試すしかないのです」

つぎの日、カリュプソはオデュッセウスのもとに大工道具をはこんできて、舟の材料として、どの樹がいちばんよいかを教えてくれた。オデュッセウスは浜辺の近くに生えている二十本を切り倒し、幅広で、底の浅い舟をこしらえた。そうして、もっとも背が高く、

まっすぐな樅《もみ》の樹を選び、マストとして立てた。そうするとカリュプソがみごとな麻の帆布を持ってきてくれたので、オデュッセウスはそれで帆を作った。つぎにカリュプソがなめし革を持ってくる。オデュッセウスはそれを細長く切って編み、ロープや帆綱をこしらえた。四日のうちに仕事がすべて完了し、五日目になると、オデュッセウスは舟の下にころをならべた。オデュッセウスが船尾《とも》を押すと、舟は浅瀬に浮かんだ。

カリュプソは葡萄酒《ワイン》、水、食糧のつまった皮袋を舟に積んでくれた。そしてオデュッセウスに、荒海に立ち向かうためのじょうぶな着物をあたえた。二人はお別れの口づけをかわす。そうしてカリュプソは一人さびしく洞穴へ帰っていった。いっぽうのオデュッセウスは、沖をめざして舟を進めた。カリュプソが約束した順風が吹いてきて、帆が大きくふくらんだ。

順風が吹いているあいだは、オデュッセウスは舵取《かじと》りオールをにぎり

つづけたが、そのあいだずっと、陸も、ほかの船も目にすることがなかった。昼間は太陽によって舵をとり、夜は星をたよりに方角をさだめた。すなわちカリュプソに言われたように、つねに大熊座を左に見つづけるよう心がけたのであった。このようにして、オデュッセウスは十七日のあいだ航海を続けた。そうして十八日目のこと、はるか遠くの方に山々のとがった嶺が、うすい影のように見えてきた。こいつは見覚えがあると、オデュッセウスは思った。

ところが、おなじみの世界に近づき、これでようやく艱難辛苦《かんなんしんく》も終わりを告げるのかと思いかけたところ、青い髪のポセイドンが、エチオピアからもどってくる途中、こんなオデュッセウスの姿を見かけた。そして、他の神々がこそこそと自分に隠れて、自分の息子を盲目にした憎い男に援助の手をさしのべていることをさとった。憤怒《ふんぬ》にとらわれたポセイドンは、ものすごい嵐をひき起こした。暗黒の雲が大空をよぎり、四方八方から烈風が吹ききたり、小さな舟を木の葉のように翻弄《ほんろう》した。そこに、北の空から真っ白な疾風《はやて》が襲いかかった。マストは折れ、帆も、帆桁《ほげた》も波のあいだにふっ飛んだ。そしてオデュッセウスも、その同じ瞬間に、舵取《かじと》りオールから手をもぎとられ、海中に投げ出された。

波の力によって、オデュッセウスはどんどん押し沈められていった。カリュプソがくれた服の重みが、オデュッセウスの命とりとなってても不思議がないほどであった。しかしオデュッセウスはあきらめることなく上へ、上へと泳ぎ、ついに海面を割った。そうしてはげしく喘《あえ》ぎながら息を吸いこむとともに、塩水を口の中から吐《は》き出した。オデュッセウスは舟の残骸《ざんがい》をめざして泳いだ。そうして、まるでカモメの一枚の羽根のように、風と波によってはげしく上下にゆさぶられながらも、ばらばらになった舟の中央部分によじのぼることに成功した。

ところが、オデュッセウスがそこにしがみついていると、イノという名の海の女神が、こんな絶体絶命の窮地《きゅうち》に立たされたオデュッセウスの姿を目にとめた。そして荒れ狂う波をつきながら助けに来てくれた。イノは、海にもぐったカモメが波間にとつぜん顔を出すように、いきなりオデュッセウスのすぐわきの波の白い頭を割って姿を現わした。そして自分のきらきらと輝くヴェールをオデュッセウスにむけて投げて、こう言った。

「その服を脱ぎなさい。そんなものを着ていると海に引きずりこまれるだけよ。これを腰のまわりにお縛りなさい。禍《わざわ》いをよけてくれるわ。腰に縛ったら、舟を離れて、さっき目にした陸をめざして泳ぎなさい。浜辺についたら、顔を陸の方にむけながら、わたしのヴェールを波にむかって投げ返すのよ」

こう言うとイノは、さっき現われた海の中へ姿を消した。

この瞬間、山のような波がどうと落ちてきた。舟の木材はばらばらになってしまった。オデュッセウスは梁材《りょうざい》の上によじのぼると、それに馬乗りになって、ぐしょぐしょに濡れた服を脱ぎ捨て、腰のまわりにヴェールを縛りつけた。そうしてオデュッセウスはえいとばかりに海中に身を投げると、抜き手をきって泳ぎはじめた。するとこのとき、輝く眼のアテナがオデュッセウスに助けの手をさし伸べてくれた。そうして

北からの風をのぞいて、すべての風をしずめ、遠くの陸にむかうオデュッセウスの背を押してくれたのだ。

二日二晩というもの、アテナの北風がオデュッセウスをめざす方向にはこんでくれた。三日目になると、陸がとても近くまできたが、風がぱたりとやみ、まったくの凪《なぎ》となった。オデュッセウスは岩の岸辺をめがけて泳ぎはじめた。しかしまもなく、オデュッセウスは、岩にはげしく打ちよせる、恐ろしい磯波にのみこまれた。そして、一片の流木よろしくばらばらに砕《くだ》けても不思議のないところであった。ところがオデュッセウスは、堤防のように突き出たぎざぎざの岩をぐいとつかみ、しがみついた。しかし、

やがて、容赦《ようしゃ》ない引き波がふたたびオデュッセウスの身体を荒海に引きもどした。三度《みたび》オデュッセウスは岩にしがみついた。そして、三度《みたび》、引き波によって荒海に引きもどされた。オデュッセウスは、ついに、この場所で陸に上がることをあきらめた。そしてもっとよい場所が見つからないものかと、波の砕ける白い線にそうようにして、岸べりを泳いでいった。こうしてしばらく行くと、波の静かな場所までやってきた。それは、大きな川が海に流れ込んでいる場所であった。オデュッセウスの足が浅瀬の砂をとらえた。

オデュッセウスはよろめきながら水から出て、砂浜を上がっていった。そしてそのまま前につっぷすと、しばらく意識を失っていた。

やがて気がつくと、オデュッセウスは腰にまいたヴェールをほどき、命じられたように顔をそむけながら、海にむかって投げた。そして川の土手にそって、内陸の方に少し進んだ。しかし遠くまで行く力は、オデュッセウスには残っていなかった。少しゆくと、二本のよじれたオリーヴの老木が、くっついて立っていた。どちらも幹が無数に分かれ、枝がおたがいにからみ合っている。これなら風よけにもなると思い、オデュッセウスは枝のあいだにはいこんでいった。すると奥の地面には落ちた葉が厚くつもっていたので、オデュッセウスはそのあいだに身体をもぐり込ませた。やがて、じいんと、身体にほのかな暖かみが感じられてきた。そうして、アテナがオデュッセウスの目を閉じさせて、眠りにつかせた。

THE KING'S DAUGHTER

第9章　王女ナウシカ

さて、こうして川の土手の上で、オデュッセウスがオリーヴの葉っぱのふとんにくるまって眠っていたころ、この国の王の宮殿では、王女ナウシカが、ぐっすりと眠っていた。そうして、女神アテナが、そんなナウシカの夢枕に立った。アテナはある船長の娘で、ナウシカと親しい女の姿で現われた。

アテナは寝台の横に立った。そして、怒ったようでいながら、半分は笑いながら、こう言った。

「ナウシカ、あなたのお母さまは、あなたを、いつそんなだらしない娘《こ》にお育てになったのかしら？　ほらほら、綺麗《きれい》な衣を、そんなにいっぱい脱ぎ散らして。あなた、もうすぐ嫁ぐかもしれないのよ。この国の貴族の若者たちは、みんなあなたに憧《あこが》れているわ。ですからその衣だって、もうすぐ、輿《こし》入れや、お客の引出物に必要になるかもしれないのですよ。朝になったら、河原まで下りていって、洗濯しましょ。衣は荷車ではこばせればよいわ」

朝、目がさめたナウシカは、こんな〝夢〟のことを思い出した。そこで父王のところにいって、騾馬《ラバ》の荷車を使わせてほしいと頼んだ。いまから麻の衣類を川まで持っていって、洗濯をするのだと、言うのだった。

そこで王は、二頭の騾馬《ラバ》に引かれて軽快に走る荷車を貸してやっ

た。召使たちが明るい色の衣装を荷台に積みこみ、さらに王妃である母親が、食物と葡萄酒《ワイン》をのせてくれた。それからまた、のちほどナウシカと侍女たちが水浴をしてから身体に塗ることができるようにと、このうえもなくまろやかなオリーヴ油の入った瓶《びん》を持たせてくれた。こうして準備がすっかりととのうと、ナウシカは荷車に乗り込み、手綱《たづな》をとって、川の方へと向かいはじめた。とはいえ、とてもゆっくりとした速度であった。お付きの女たちが、みな、徒歩でついてくるからである。

ナウシカの一行は川の土手までやってきた。そして、衣を洗うのにもっとも適している、水の澄んだ、浅い水だまりまでおりていった。そうして騾馬《ラバ》が自由に草を喰《は》めるように、ここで軛《くびき》から放した。乙女たちは、はこんできた衣を洗いはじめた。まず、水の流れのあるところに行って、平たい石の上でぎゅうぎゅうと踏みつける。それがすむときれいに濯《すす》いで、河原の石の上にひろげ、太陽と風にあてて乾かすのだ。

衣が乾くあいだ、乙女たちは川で水をあび、オリーヴ油を肌にこすりつけた。そうしてふたたびゆるやかな衣を身につけると、来るときに王妃が持たせてくれた果実、小さなケーキ、蜂蜜《はちみつ》入り葡萄酒《ワイン》を楽しみはじめた。

すっかりお腹がふくれると、乙女たちは皮に黄金をあしらったボールで遊びはじめた。ボールをつぎつぎとおたがいにむかって投げながら、順番に歌をうたうのだ。はじめに歌いはじめたのは、ナウシカであった。こうしてボール遊びに興じている乙女たちのあいだに、《輝ける眼のアテナ》が、姿を見られないままくわわった。そうしてナウシカが、目の前を走りすぎる乙女にむかってボールを投げたとき、わざと的をはずれさせ、そのためにボールは川の渦巻《うずま》く流れのなかにころがり落ちた。すると女たちは、いっせいに大きな声で笑い、けたたましい悲鳴をあげた。それがあまりににぎやかだったので、オリーヴの樹のあいだに眠っていたオデュッセウスが、目をさました。そこまでは、槍《やり》を一投げしたほどの距離もなかった。

ほんの二、三回心臓が鼓動を打つあいだ、オデュッセウスはそのままじっと寝ていた。意識はまだ半分眠りの中にたゆたいながらも、あの悲鳴は、どこか近くの村が攻撃を受けているのだろうか、それとも心ない主人が女奴隷《どれい》たちを鞭《むち》で打ちすえているのだろうか……などと、ぼんやり考えている。しかしもっとはっきりと目がさめてくると、オデュッセウスの耳の中の音が、うら若い乙女たちのにぎやかな嬌声《きょうせい》に変わった。いまわたしはこんなにも困った状況にあるのだ、あの女たちに腰をおって頼めば、きっと助けの手をさしのべてくれるだろう…… オデュッセウスはいかにもたいぎそうに膝立《ひざだ》ちになると、かろうじて立ち上がった。そうして野生のオリーヴの樹の枝を折りとって、裸の身をおおうと、動いてくれない身体をひきずるようにして、川べりの藪《やぶ》から、ゆっくりと出ていった。

しかしオデュッセウスははだしであるばかりか、足から血が流れ出ていた。また、これまでの艱難辛苦《かんなんしんく》がそのまま刻み込まれたような険しい顔つきで、髪と鬚《ひげ》はぐしゃぐしゃに固まり、海の塩にうっすらとおおわれている。

こんなオデュッセウスは、遊んでいる乙女たちにとって、とつぜん茂みを割って飛び出してきたライオンのように、おどろおどろしかった。女たちはいまや本気で悲鳴をあげ、あちこちへばらばらと

逃げはじめた。ただしナウシカ王女だけは別であった。ナウシカはひどい胸の動揺に目をみはりながらも、オデュッセウスの近づいてくるのを、じっと待ちづづけた。

相手のすぐそばまで行って、膝に手を触れながら懇願《こんがん》するのがためらわれたのだろうか。オデュッセウスは、少し離れたところで急に立ちどまり、相手にむかって話しかけた。

「おお、若いお姫さま、あなたは女神なのですか？　それとも人間の乙女ですか？　もしも女神なら、きっと、三日月の女神アルテミスにちがいない。もしも人間なら、慈《いつく》しみ深いあなたの父上、それにお優しい母上はなんと幸せなのでしょう。また、あなたの兄弟たちも、なんと幸せなのでしょう。みなさん、自分たちの愛娘《まなむすめ》が踊る姿を見るたびに、どんなに胸が高鳴ることでしょう。しかし、もっとも幸せなのは、深い愛情と立派な結納の品々によってあなたを手に入れ、家に連れて帰ることのできる男でしょう。これま

で、わたしは、たった一度の例外――と申しますのは、デロス島で、アポロンの祭壇わきに萌《も》え出《いで》た椰子《やし》の稚樹《わかぎ》を見たおり――をのぞいて、あなたのような完璧な美しさにお目にかかったことがありません。とはいえ、いまわたしが訴えたいと思っているのは、そんなあなたの美しさではなく、あなたの親切なお心なのです。と申しますのも、海の上で幾日も嵐に翻弄《ほんろう》されたあげく、ようやく昨日《きのう》になって、どなたかは存じませんが、どこかの神さまのおはからいにより、この岸辺に打ち上げられました。いま自分がどこにいるのかも、この先どんな悪運がわたしを待ち受けているのかも、まったく見当がつかないのです。どうか情けをおかけになり、身にまとうべき古着を恵んでください。そして、最寄りの町にゆく道をお教えください。神々が、あなたに立派な伴侶《はんりょ》をお恵みになり、情《こころ》も考えも違《たが》うことなく、幸せな家に過ごすことができますよう」

「見知らぬお方、そなたは悪い人間には見えませんし、それどころか、お言葉づかいから推し量るに、生まれの卑《いや》しからぬ方とお見受けいたします。どの人にも、喜び、悲しみを、思いのままにお遣《つか》わしになるのがゼウスさまのおはからいであってみれば、そなたをわれらが浜にお連れしたのも、ゼウスさまのご意思でしょう。ここにいらっしゃったからには、身にまとうべき衣をさしあげましょう。また、城市《まち》へもご案内し、歓迎いたしましょう。と申しますのも、わたしはパイアキアと呼ばれるこの島をおさめる、アルキノオス王の娘なのです」

こう言うと、ナウシカはお付きの乙女たちの方にむきなおった。乙女たちは途中で逃げるのをやめ、ナウシカを遠巻きにしながら眺めている。

「あなたたち、何を恐れることがあるのです？　憐《あわ》れな姿をしたこのお方の、どこが怖《こわ》いのです？　わたしたちの国には、どんな敵もやって来ないというのは、あなたたちにもおわかりのはず。わたしたちは神々に愛されているし、この島は、どんな船も通りかかることのない海の果てにあるのですよ。この方は悲しい不運によってここまではこばれてきたのです。さあ、もっとこちらにおいで。裸の身をおおう衣を、持ってきてあげるのよ」

このようなわけで、乙女たちはおずおずともどってきた。女たちはオデュッセウスを、川がぐにょりと環《わ》のように曲がっているあたりの、土手に連れていった。そこには榛《はん》の樹が密生していて、うまい風よけになっている。乙女たちは、乾いたばかりの衣類の中から、マントを選んでオデュッセウスに手わたした。また、王妃のくれた瓶の底に残っていた油をあたえ、こびりついた海の塩を洗い流すよう言うのだった。

オデュッセウスはマントと油の礼をいうと、乙女たちにむかって、しばし一人にしてほしいと頼んだ。

「いまでも、この粗末な緑の葉っぱの衣で身をおおっているばかりですが、淑女《しゅくじょ》の前でこれを脱ぎ捨てて、水浴びしたくはありませんからな」

こうして乙女たちはオデュッセウスをその場に残したまま、王女のもとに報告にもどった。オデュッセウスは土手をおり、真水で身体を洗い、皮膚と、白い斑点だらけの髪から、塩をすすぎ流した。そうしてオリーヴ油を肌にすり込んだ。まろやかな油の感触は、もうここ何日も味わったことがなかった。オデュッセウスは、また、髪にも油をふりかけた。そして念入りにすり込むと、乱れに乱れていた髪はおさまり、くるりと自然にカールして、まるでヒヤシンスの花弁のようになった。身の浄《きよ》めが終わると、オデュッセウスは乙女たちから手わたされたマントに身をくるんだ。そして水際から斜面をあがり、土手に腰をおろした。

そんなオデュッセウスを、ナウシカは遠くから見つめていた。どこの誰だか知らないが、身を浄《きよ》め、衣をまとったその姿は、ナウシカにはとても美しくみえた。ナウシカは憧《あこが》れのこもった声で、お付きの女たちにむかって、こう言うのだった。

「あの方を、わたしたちの国に流れつかせてくださったのは、まさしく、どこかの神さまのご意思ではないでしょうか。はじめて見たときは、とても醜《みにく》いと思いました。でも、いまは、神々でさえ、こんなに美しくはないでしょう。ここが気に入ってくれて、わたしを娶《めと》ってくださらないかしら…　でも、いまは夢を見ている場合じゃないわ。あの方のために、食物と飲物をはこんでこなければ」

このようなしだいで、女たちは、王妃が持たせてくれた夏のご馳走を、オデュッセウスのもとまではこんできた。そしてオデュッセウスが、それこそ——幾日も食物にありついていなかったので——がつがつと飲み、食べるあいだ、太陽と風のおかげでいまはすっかり乾いてしまった衣をかき集め、それを荷車に積み、騾馬《ラバ》に軛《くびき》をつけた。

すっかり帰り支度ができ、オデュッセウスも食事を終えると、王女ナウシカは、来たときと同じように、荷車に乗り、手綱をとった。そうしてオデュッセウスを呼んだ。オデュッセウスがやってきて、車輪の横に立った。

「いまから、わたしの父上の屋敷までついて来ていただきます。よいこと。わたしの言うことをよく聴いて、言われた通りにしてください。そうしたら、万事、うまくゆくはずです。農地を行くあいだは、侍女たちといっしょに、荷車の後ろからついて来てくださいね。だけど、城市《まち》が近づいてきて、立派な港になって、道の左右どちらにも船を造っている船渠《ドック》が見えたら、わたしたちから分かれ、そこに生えている、アテナに捧げられた、神聖なポプラの木立にお入りなさい。そして、そのまま待っていてください。そのあいだに、わたしたちは城市《まち》に入り、ひとまず宮殿に帰ります。ナウシカ王女が男を釣《つ》って帰ってきたなどと、いたるところで噂《うわさ》されて、父上がお喜びになるはずがありませんからね。

もう十分に間をおいたと思ったら、あなたも城市《まち》にお入りなさい。誰にきいても、宮殿までの道を教えてくれるでしょう。父上のお屋敷の門はいつも開いていて、門番もいません。ですから自由にお入りなさい。そうして、木影《こかげ》のたっぷりある中庭、館《やかた》のところまで来たら、大広間においでなさい。

いまごろなら、母上が広間の暖炉のそばに座っているでしょう。侍女にとりまかれながら、紫の海面のように輝く布を織っているはずです。母上のすぐ横には、父上の大きな椅子もあります。でも、たとえ父上がそこに座っていても、その前を通りすぎて、母上の前に膝をつき、膝をつかんで、援助を請うのです。あなたご自身の国に帰るための船だって、お願いすればよいのです。もしも母上の心をつかむことができれば、きっとくださるでしょう」

オデュッセウスはていねいに頭を下げると、こう返した。

「おっしゃっていただいたこと、かならずや、すべてその通りに実行いたします」

するとナウシカは騾馬《ラバ》に鞭《むち》をくれた。騾馬《ラバ》は歩きはじめ、荷車が揺れながら進みはじめる。そしてその後ろを、オデュッセウスがお付きの女たちにまじって歩みはじめた。

太陽がほとんど沈みそうになったころ、ポプラの木立までやってきた。オデュッセウスはここで女たちと袂《たもと》をわかつ。木立の真ん中に社《やしろ》があったので、その前でオデュッセウスは膝をつき、パイアケス人たちが暖かく迎えてくれるよう、女神アテナに祈願した。そうして、もう十分に待ったと思ったので、オデュッセウスは立ち上がり、城市《まち》の中へ入っていった。

城市《まち》の門のところに、ほかならぬアテナが、水差しをかかえた若い娘の格好で歩いてきた。オデュッセウスはこの娘に近づいて、王の宮殿へはどうゆけばよいのかとたずねた。

「わたしは、はるか遠くの者で、旅の途中で不運にみまわれてここにやってきたので、右も左もわからないのです」

「ご案内いたしましょう」

とアテナがこたえる。

「わたしについておいでなさい。でも、通りでは、誰とも話そうとしてはなりませんよ。ポセイドンはここの者たちを海の民族にしましたが、よその国の者たちが、自分の船に乗って海を越えてくることを好まないのです」

こう言いながら、アテナはくるりとふりむいて、歩きはじめた。後になって、町を歩いてゆくオデュッセウスの姿を思い出した者は誰もいなかった。それは、アテナが目くらましの霞《かすみ》をかけて、オデュッセウスの姿を見えなくしたからである。アテナはオデュッセウスを王の舘《やかた》の門まで連れてゆき、入るよう、中を指さした。そしてつぎの瞬間にオデュッセウスが視線をもどすと、アテナの姿は、も

うそこにはなかった。

門をくぐる。オデュッセウスは数度まばたきするほどのあいだ、そこに立ちどまっていた。宮殿の庭園には、果物の樹がところせましと生えていた。ナシの樹がある。ザクロの樹も、りんごの樹もあった。そうしてそれぞれの葉っぱのあいだには、果実がつやつやと輝いている。さらにオリーヴ、イチジク、実のたわわになった葡萄《ぶどう》の樹もあった。庭園の樹々は泉から自然に湧《わ》き出る水によってうるおっており、泉からあふれ出す細い流れの、りんりんという銀の鈴のようなささやきが、小鳥の歌声とまじり合った。しかし、庭がいかに美しくても、それが故郷《ふるさと》に帰るのに、何か役にたつというわけではない。

前方に、多数の列柱のならんだ、はば広の白い建物と、建物に囲まれた中庭が見えた。これこそ王の舘《やかた》にちがいない。オデュッセウスは進んでいって、中に入った。しかし、なおもオデュッセウスの

姿を見る者はいなかった。

大広間では、王と長老、大臣たちが夕餉《ゆうげ》の席についていた。王妃と侍女たちはわきに座っている。

オデュッセウスは上座の方へ進んでいった。そして王妃の前までくると、ひざまずいた。するとちょうどそのとき、アテナがかけてくれた、目くらましの霞《かすみ》がとけさった。とつぜんの見知らぬ者の出現に、こみ合った広間の人々は驚愕《きょうがく》し、しんと静まりかえった。

そんな沈黙の中で、オデュッセウスは王妃にむかって願いの口上をのべはじめた。

「王妃さま、わたくしは嵐にかられてこの国に流されてきました。氏素性の知れぬ者でありながら、こうして王妃さまの前にまいりましたのは、あなたさまのご援助と、故郷《ふるさと》に帰るべき船を一艘《そう》いただけるよう、お願い申し上げたかったからです。わたくしが自分の家の炉のそばに座って以来、あまりに長く、辛い年月が過ぎ去りました」

「お気の毒に。そなたのお名前と、どちらのお国から来られたのかを、おききしてもよいかしら…」

と、王妃が優しく言いかけたが、王のアルキノオスがさえぎった。

「わが舘《やかた》には、どんな客人も大歓迎だ。質問に答えていただく前に、さあ、まず食事だ。のちのち、そなたの航路のすみやかならんことを願おう」

オデュッセウスはぴかぴかに磨《みが》きあげられた椅子をすすめられた。そして侍女たちが手をすすぐ水を持ってきて、さらに料理人が、オデュッセウスの目の前にえりすぐりの肉片を切りとる。そうして上等のパン、果実、葡萄酒《ワイン》がならべられた。他の人々とともに、オデュッセウスはご馳走を楽しんだ。心の中の悲しみにもかかわらず、食物はほんとうに美味《おい》しかった。というのも、さきほど王女からもらったケーキは、ほとんど、食欲をよけいにそそるだけの役割を果たしたにすぎなかったからだ。

ついに食事が終わり、招かれた客たちはそれぞれの家に帰っていった。オデュッセウスは、大きな大広間にただ一人、アルキノオス王、アレテ王妃とともに残された。

まず沈黙をやぶったのは王妃だった。

「どなたか存じませんが、あなた、食事が終わり、休息もとられたことですから、あらためておたずねすることを、お許しくださいますわね。あなたはどこの誰なのです。それから、あなた、なぜそのマントを着ているのです。それには見覚えがありますのよ。ここ、宮殿の中で織ったのですもの」

オデュッセウスは、トロイアから故郷にもどる途中で進路からそれてしまったこと、七年間というものカリュプソによってとらえられていたこと、しかし、最後にはカリュプソも自分を自由にし、粗末な舟を造ることを許してくれたのだと話した。ところが、ポセイドンがかつての怨《うら》みを忘れることなく、舟を難破させた。そうして、けっきょく、このパイアキアの岸辺に打ち上げられた。しかしその瞬間に、疲労困憊《こんぱい》のあまり眠りにおちてしまった。そして目がさめると、王女と侍女たちがすぐそばで遊んでいた。そこで王女に助けを求めると、洗ったばかりの衣の中からマントをくれ、さらに食物、飲物、おまけに水浴したあとに身体にすり込む油まで恵んでくれ、どのようにして父上の舘《やかた》まで来ればよいかを教えてくれた…と言うのだった。

すると、王がこのように返した。

「今回のことで、娘にたった一つだけまずいところがあったとすれば、それは、右も左もわからぬそなたを一人にし、いっしょに家まで連れて帰らなかったことだ。何といっても、娘はそなたが最初に援助を求めた人物なのだから、浮くも沈むも、そなたの運命は娘

の掌中《しょうちゅう》にあるのだ」

「いいえ、どうか娘さんを責めないでください」

と、オデュッセウスは急いで言い返した。

「娘さんは、お付きの女たちにまじってついて来るよう、わたしに言いつけました。ところが、ここしばらく、わたしは人間の女とともに過ごしたことがなかったので、何だか恥ずかしくなってしまいました。それにまた、娘さんが、どこの誰ともつかぬ男を荷車の後ろに引き連れて帰ってきたら、父上のお気に召さないだろうとも思ったのです。美しい娘をもった父親は、嫉妬《しっと》深いものです」

アルキノオス王はにこりとして、客人を上から下まで眺めた。

「わたしは、自分が嫉妬深い性分だとは思わない。そなたのような素性の知れぬ者にだって、わたしは娘を嫁がせてもよいと思うことができるくらいですぞ。そなたは、どこか知らないが、その遠い故郷《ふるさと》への長い航海のことを忘れて、われわれのもとに留まるおつもりはないかな？　そなたら二人のために、舘《やかた》を建ててさしあげますぞ」

アルキノオス王がこのように言ったのは、まだ名前すら告げず、得体の知れない男とはいえ、この目の前の者はかならずや高貴な血を受けたものであり、みずからの舘《やかた》に妻をやしなえるほど賢く、強い人物にちがいないと、はっきりと見抜いたからであった。しかし、このとき、客人の眉《まゆ》のあたりに雲がかかり、はるかかなたを眺めるような遠い目になったのを見逃すことなく、王はさらにこう言いそえるのだった。

「だが、そなたの故郷《ふるさと》に帰ろうと心にいだいた決心がゆるぎないものであるならば、ご安心くだされ、そなたのために船を一艘《そう》用意させよう。また、わが国で最高の漕《こ》ぎ手をそろえてあげよう」

「そのような話は、すべて、明日でよいではありませんか」

と、アレテ王妃が言った。

「もう、寝る時間ですわ」

こう言うと、王妃は侍女たちに命じて、柱廊《ポルティコ》の内側に、上掛けと柔らかな枕を用意させ、オデュッセウスのための寝床をしつらえさせた。

そして、ここで、オデュッセウスは紫の布におおわれて、一晩中ぐっすりと眠ったのであった。

第10章　パイアケスの競技会

翌日、アルキノオス王は人々に触れを出して、海に乗り出すべき船を一隻用意し、町の下の港の、中央桟橋《さんばし》に係留するよう命じた。

正午になり、国の長老や、水軍の司令官たちが集まってきて、宮殿の大広間で、王とともにご馳走《ちそう》を食べた。人々が食べているあいだ、王のおかかえの吟唱詩人が歌をうたった。人は歌鳥の眼をつぶして声を甘くするが、

THE PHAEACIAN GAMES

この男の眼をつぶしたのは神であろうか。翼《つばさ》に乗ってろうろうとひびく、その歌声にあわせて、男は竪琴《リラ》をつまびいた。歌のテーマはトロイアの英雄たちであった。オデュッセウスは王のわきの席でじっと耳を傾けていたが、そのうち、マントの襞《ひだ》を、頭の上にまで引っ張りあげた。まるで嵐の海に乗り出そうとするかのような、あるいはまわりの人々の目から顔を隠そうとでもするかのような姿であった。しかし、アルキノオス王はいちばん近い場所にいたので、オデュッセウスの目の涙に気がついた。そこで歌が終わると、すぐさま立ち上がって、もう、ご馳走と語り歌は十分にたんのうしたので、いまから外に出て、競走や格闘《レスリング》などの競技を娯《たの》しもうではないかと言いだした。

　そこで一同は腰をあげ、宮殿の下の集会場所へと出かけていった。若者たちが大急ぎで集まってきた。そんななかには、三人の王の息子たちもいた。そして若者たちは競走や格闘《レスリング》、走り幅飛びや円盤投げなどにうち興じはじめた。そんな時、ある一つの考えが王子たちの心に浮かんだ。というのも、彼らの客人は長年の苦労のせいか、あまり元気がないものの、身体の造りを見ればまるで格闘家《レスラー》のように筋骨りゅうりゅうとしているので、ひょっとして競技にくわわりたいのではないか、と思ったのだ。そこで王子の一人ラオダマスが、オデュッセウスのもとまでやってきて、誘った。

しかしオデュッセウスは首を横にふり、あまりに心がふさいでいるので、とてもそのような競技にのぞむ気にはなれないと言うのだった。

これを聞いて、むかっ腹を立てた若者たちがいた。そして一人――エウリュアロスという名の若い男――がせせら笑って、こう言った。

「こいつはとんだご無礼を。そなたは、どう見ても商人で、どこかのでっぷりと腹のふくれた商船の船長さんですな。そなたに競技がおできになるなどと思ったのが、そもそも愚かでしたな」

こんな一言に、オデュッセウスの頭はぴくりと上がり、眉《まゆ》がけわしく寄った。

「もっと幸せな時代にはいろいろな競技にくわわったものですが、戦《いくさ》と放浪のうちに、すっかり年をとり、疲れ果ててしまった」

とは言ったものの、オデュッセウスはさらにこう続けた。

「だが、やはり、まだ昔の力の片鱗《へんりん》は残っているかもしれませんな。試してみましょうかな」

こう言いながら立ち上がると、マントを振り捨てようとさえせず、オデュッセウスは大きな青銅《ブロンズ》の円盤のうち、もっとも大きくて重いものをぐいとつかみ上げ、くるりくるりとふりまわしたかと思うと、えいとばかりに投げ放った。大空に丸く描かれた輝く軌跡を、集まった群衆のすべての目が追ってゆく。そうして円盤が地面を打つと、その場所に印をつけようと、大勢の者がかけ出していった。それは、この日投じられたどの円盤よりも、はるかに遠くまで飛んでいた。

こうなると、オデュッセウスは、血が軽々と身体をめぐりはじめ、気持ちが高まるのを感じたので、拳闘《ボクシング》でも、格闘《レスリング》でも、弓術でもよいから、誰の挑戦にも応じるぞと、高々と呼ばわった。ところがアルキノオス王は、たぶん自分の国の若者たちがどの競技でもつぎ

つぎと負かされてしまうことを恐れたのであろうか、こんなオデュッセウスの挑戦をやんわりとこばんだ。そして、

「世界のどこの人々にも負けぬ、われらのお家芸をお見せしよう」

と言うと、ふたたび盲目《めしい》の吟唱詩人を呼んで、踊りの音楽を奏でるよう命じた。大きな円形の空間がつくられ、その真ん中に詩人が立つ。そしてそのまわりに、この国で最高の踊り手たちが集まった。アレスとアフロディテの愛の歌が流れはじめる。詩人が作った、夏のそよ風のように軽快な曲だ。音楽に合わせて、踊り手たちの足が聖なる地面の上を動く。やがて、二人の踊り手がぴかぴかのボールを手にとって、踊りながら、投げては返しはじめた。一人が大きく跳ねて、空中からボールを投げる。そうして、つぎに跳ねたときに相手からボールを受けとるのだ。まるでツバメが飛び

まわっているようだ。そして、そのあいだ、残りの者たちは二人を丸く囲んで、拍子に合わせながら足踏みをするのだった。

「これはまことに素晴らしい。ならぶ者なき腕前ですな。これほど素晴らしいものは見たことがない」

と、オデュッセウスが感心した。

踊りが終わると、アルキノオス王は、まわりに集まっていた長老たちの方にむき直った。そして、すでに船の用意はできているのだが、客人がそれに乗り込む前に、おのおの、黄金や立派な衣の贈り物をしなければならぬと言った。また、エウリュアロスにも、贈り物をして、競技のおりに無礼なことを口走ったつぐないをせよと命じるのだった。すると、みな、喜んでそういたしましょうとこたえた。

王自身の贈り物は、みごとな細工をほどこした大きな黄金杯と、王妃がみずからの手で織った豪華なマントおよび上衣《トウニカ》であった。そしてアレテ王妃が、これらの品々を、かぐわしい木でこしらえた美しい櫃《ひつ》につめてくれた。また、長老たちも、順々に、それぞれの贈り物を持ってきて、船のところまではこばせた。そうして最後に、エウリュアロスが銀の柄《つか》のついた青銅《ブロンズ》の剣と、年代ものの黒ずんだ象牙《ぞうげ》でできた鞘《さや》を持ってきて、オデュッセウスの手にわたした。そうして、自分の非礼をていねいに詫《わ》びるのだった。

「客人よ、そなたのご交誼《こうぎ》を。もしもわが口から無礼な言葉が出たとすれば、嵐の風よ、吹き来たって、はこび去るがよい。また、神々のご加護により、そなたが故郷《ふるさと》の浜にぶじ、すみやかに帰りつかれんことを」

「こちらこそ、よろしく」

と、オデュッセウスは返した。

「それに、つぐないの贈り物はありがたくちょうだいいたしましょう。そなたに神々の祝福がくだされますよう。また、いまからのち、ここに下さった名剣を、そなたが惜しむことのありませんよう」

こう言うと、オデュッセウスは美しい剣の革ひもを肩にかけた。

やがて、夕餉《ゆうげ》の時間が近づいてきた。宮殿に仕える女たちはオデュッセウスを風呂に案内した。そして客のためにわかしてくれた薬草湯で身を浄《きよ》めると、オデュッセウスは、用意してくれた清潔な衣に袖をとおした。そして広間にもどってくると、そこにナウシカがいた。ナウシカは柱廊《ポルティコ》の屋根を支える柱の横に立っていた。川の土手を去って以来、二人が言葉を交わすのはこれがはじめてだった。この国では、未婚の乙女が広間で男たちとともに食事をするのは、習慣《ならい》ではなかった…　そして、これが最後の機会でもあった。

「ご機嫌《きげん》よろしゅう」

と、王女はやや悲しそうな声で言った。

「順風があなたをはこんで下さいますよう。お国に帰っても、わたしのことをすぐに、やすやすと忘れておしまいにならないでくださいね」

「国に帰ったら——そもそも、帰れたら——生涯、あなたのことは忘れません。わたしにふたたび命を下さったのは、優しいお嬢さん、まさにあなたなのですから」

こう言うとオデュッセウスは大広間に入ってゆき、アルキノオス王の横の自分の席についた。

今夜も晩餐《ばんさん》が続くあいだ、吟唱詩人が竪琴《リラ》を片手に、歌をうたった。今日の歌のテーマは〝トロイアの木馬〟であった。知謀湧《ちぼうわ》くがごときオデュッセウスが、木馬の製作を思いつき、それがあやしまれることなくトロイアの城市《まち》の内《なか》まではこばれるよう、うまくはからったこと。オデュッセウスをふくめて、えりすぐりの戦士たちが馬の腹にひそみ、夜中にこっそり出てきて、友軍のために城市《まち》の門を開け放った…というてんまつが、詩人の声にのって、ろうろうと歌われた。

そして、今夜も、詩人の歌に耳を傾けながら、オデュッセウスは泣いた。包囲の戦《いくさ》のつらかったことが記憶によみがえったばかりか、大勢の戦友、僚友《りょうゆう》を失ったことが、たまらなく悲しかった。

王は、今夜もまた、こんなオデュッセウスの涙に気がついた。そこで、焼きたてで、まだじゅうじゅうと鳴っている猪《しし》の肉を、みずからの皿からたっぷりと切りとると、みごとな歌のほうびだと言いながら詩人にあたえた。そして、このようにして歌を中断させると、自分のわきにいる客人にむかって、こう話しかけた。

「トロイアの包囲のことを歌ったものは、そなたをひどくつらい気持ちにさせるようだな。トロイア人の槍《やり》によって、親戚か友人でも殺されたのですか？」

「大勢の者が殺されました」

と、客人がこたえる。

「わたしはイタケの王ラエルテスの息子オデュッセウスなのです。そして包囲戦のためにイタケを出てゆく時には十二隻あった船団と戦士のうち、いま残されているのは、ただ、このわたしだけなのです」

広間のあちこちで、はっと息をのむ声が聞こえた。そしてそれに続いて、長い沈黙があった。すべての者の目が、客の姿にくぎづけになった。古代の英雄や神々のような、物語や歌によってのみ聞いていた人物が、とつぜん自分たちの真ん中に姿を現わしたのだ。

まず沈黙をやぶったのは王だった。

「では、ラエルテスの息子なるオデュッセウスよ、どうかお願いだ、そなたをここまでみちびいてきた、数々の放浪の物語を聞かせてはくれまいか。もうずっと長いあいだ、オデュッセウスはトロイアから故郷《ふるさと》に帰る途中で死んだと

団と分かれて以来、ずっと消息が知れなかったからだ」

いう噂《うわさ》が流れていた。それは、オデュッセウスの率いる十二隻の船が、アガメムノンの船団と分かれて以来、ずっと消息が知れなかったからだ」

こうしてオデュッセウスは、なみいる貴人に囲まれながら、夜がしんしんとふけてくるまで、みずからの数々の放浪の物語を一座の人々にむかって披露《ひろう》した。キュクロプスのこと、キルケと黄泉《よみ》の世界への航海のこと、スキュラとカリュブディスのこと、太陽神の牛、残った船をすっかり失ったこと、そうしてさらに、最後に、カリュプソの島に流れついたいきさつを話した。ここまできて、ようやく、物語はオデュッセウスがすでに話したことにつながった。

夜明け前、宴《うたげ》と物語がすっかり終わると、松明《たいまつ》の明かりによって、黄金、豪華な衣装などの宝物が港の船まではこばれてゆき、漕《こ》ぎ手の椅子の下にしまわれた。

オデュッセウスは、見送りのために、港まで下りてきてくれた王と王妃に別れを告げた。そうして、アレテ王妃の手に、別れの杯《さかずき》を返しながらこう言うのだった。

「王妃さま、どんな人間もまぬがれぬ老いと死が、いずれあなたにも訪れましょうが、それまでは、生涯、幸運に恵まれますよう。あなたのご一族がいや栄え、お子たち、一門の人々、それにご主人のアルキノオス王さまが、あなたをご失望させることのなきよう、お祈り申しあげます」

こう言うと、オデュッセウスは船に乗り込み、船底に身を横たえて、暖かいマントと毛布にくるまった。そのあいだに、漕《こ》ぎ手たちはガレー船を岸から押し出し、櫂《かい》を動かしはじめた。そうして、はるかかなたのイタケ島をめざして、大海原に船を漕《こ》ぎ進めていった。

RETURN TO ITHACA

第11章　イタケへの帰還

アテナによって投げかけられた長く深い眠りから目がさめると、オデュッセウスは、自分が一人ぼっちで、オリーヴの樹の下に寝ているのに気がついた。いぜんとして暖かい掛け布にくるまれているのは、アルキノオス王のガレー船の上で横になったときとかわらない。それから豪華な贈り物は、まわりに積み上げられてあった。しかしあたりを見まわしてみても、輝く眼の女神アテナがのべひろげた濃い朝靄《あさもや》が、陸の形をすっかり隠していた。これは、オデュッセウスがようやく自分が故郷《ふるさと》の島にもどってきたことを知り、家にむかって歩きはじめる前に、そちらで、いま、何が起きているのか、あらかじめ教えてやろうという、アテナの親切な心づかいであった。オデュッセウスは、パイアケスの者たちによって、どこか見知らぬ場所に置き去りにされたのだと思った。そこで宝物をしらべ、銀の柄《つか》の剣をひっぱり出すと、肩にかけた。そうして浜辺を行きつもどりつ歩きはじめた。頭の中は、つぎに何をしようかという思いでいっぱいだ。

そのとき、一見したところ人っ子ひとりいない砂浜の上に、女神アテナがやってきた。アテナは若い男の姿をしており、王侯貴族がまとうような裏付きマントをまとい、手には槍《やり》を持っていた。

「そなたに朝のあいさつを申し上げる」

と、オデュッセウスは、相手が誰だかわからないままに声をかけた。

「お願いだ、ここがどこなのか教えていただきたい。このあたりの人々は温和だろうか?」

「まったくもって」

と、アテナがかえす。

「そなた、知恵がたりないのではないか。ほんとうに、何という質問だ。ここはイタケの島。その名は、遠くトロイアにさえ聞こえているはずだ」

これを聞いたオデュッセウスの胸に、ようやく帰ってきたかと、大きな喜びの感情が湧《わ》き上がった。しかし、なつかしの故郷《ふるさと》とはいえ、オデュッセウスはあまりに長く留守にしていたので、十九年前の子どもたちがどんな大人に成長したか、彼らがどんな顔をして自分を迎えてくれるのかまるで見当がつかなかった。ひょっとしたら、新しい王がオデュッセウスのかわりに王座についているかもしれない。しかも、それがオデュッセウスの息子だとはかぎらないではないか。

そこで、オデュッセウスは目の前の青年にたいして自分の正体をかくして、自分はクレタ人だと言うのだった。そして、どうしてクレタの人間がイタケ島にいて、オリーヴの樹の下で、山と積まれた宝に囲まれているのか、それでいて、なぜ自分がどこにいるのかも知らないのか——こうしたことを説明するために、オデュッセウスは長く詳しい物語をはじめた…　クレタ島では、王の息子の一人によって、せっかくトロイアから持ち帰った豪勢な戦利品を奪われそうになった。そこで、必死にそれを守ろうとして戦ううちに、王子を殺してしまったので、こんどは自分の命が危ないと思い、大急ぎで宝をかき集めて、フェニキア人の商船に乗せてもらって逃げた。フェニキア人はピュロスで下ろすと約束してくれたが、風のために進路をそれたので、ここに上陸して、眠ってしまった。朝になると、眠っているわたしをそのままにして、彼らは去ったのだろう…

こんなオデュッセウスの話を聞いて、若者は大声で笑った。そして、その瞬間に姿が消え、そのかわりに、輝く眼の女神アテナがそこに立っていた。美しくも、堂々とした威厳のある姿であった。

「おお、オデュッセウスよ。何と頭がきれること」

と、アテナはからかい半分に言った。

「だけど、あなたには、わたしがわからなかった。トロイアの戦《いくさ》のときも、それから、また、アルキノオス王の国でも、あれほどたびたび助けてあげたのに」

オデュッセウスはまっすぐ相手の目を見つめた。

「だけど、海で幾度も恐ろしい危険に遭遇しましたが、あなたは助けてはくれなかったではありませんか。だから、いまは味方だとおっしゃっても、どうしてそれが信用できましょう。そもそも、ほんとうに自分の島に帰ってきたのだと、どうして信じることなどできるでしょうか？」

　アテナはこれに答えて言った。

「海の神ポセイドン――わが父の弟――に、このわたしがどうして逆らうことなどできるでしょう？　息子の眼をつぶされたといって、心にめらめらと怒りを燃やしていたのですよ？　だけど、それももう過去の話です。いま、あなたは自分の故郷《ふるさと》の地に立っているのですから、わたしも、好きなだけ、あなたを助けることができます。さあ、まわりをご覧なさい。ここがほんとうに故郷《ふるさと》だと、自分の目でお確かめなさい」

　こんなアテナの言葉とともに、まるで朝靄が太陽によって薄れるように、二人をとりまいていたねずみ色の雲が渦《うず》を巻いて消え去った。そしてオデュッセウスの目に、かつて見慣れていた、愛してや

まない風景が飛び込んできた。目の前には、左右から岬に囲われ、ぐにょりと湾曲した入江がそこにあった。後ろを見れば、樹々におおわれた斜面がほとんど水際から生え上がって、峨々《がが》たる丘に連なっている。そして、矢を射ればとどきそうなところに、海のニンフの洞穴が見えた。洞穴の入口は、オリーヴの樹の、銀色の葉っぱでおおわれている。感動で胸がふさがりそうになったオデュッセウスは、思わず地面に両膝《ひざ》をついて、故郷《ふるさと》の砂に口づけした。

しかし、じっと感動を噛《か》みしめるひまもなく、喜びは怒りへとかわった。それは、アテナの口から、ようやく帰ってきた、この自分の故国《くに》が、いかに悲しむべきありさまになり果てたかを聞かされたからである。ペネロペイアはどんなに辛い目にあっていることか。しかも、いまは、群がってくる求婚者たちの鉾先《ほこさき》から守ってくれるべき息子すらいないという。テレマコスは父親の消息を求めてメネラオス王と《美しい頬《ほほ》のヘレネ》のもとに行ってしまったのだと、アテナは話した。

「お優しい女神さま、わたしが何をなすべきか、どうか教えてくださいませ。わたしはもう知恵がつき果てました」

オデュッセウスはなおも砂浜に膝をつき、両手に顔をうずめたまま叫んだ。

「まず、このたくさんな宝物を隠しましょう。人に見られて、なぜこんなところに宝があるのかなどと思われてはやっかいです」

そこで、二人は、黄金の酒杯《さかずき》と立派な衣装の数々を洞穴の中にはこび入れた。そうしてアテナは、洞穴の入口を岩でふさいだ。

仕事がすむと、アテナはオデュッセウスの上に変身の呪文《じゅもん》をかけた。すると立派な衣は襤褸《ぼろ》にかわり、マントのかわりに、なかば禿《はげ》になった鹿皮がオデュッセウスの身体をおおった。また、オデュッセウス自身も、肌に皺《しわ》がより、ぼんやりと力ない眼となった。かつて《御守《おまもり》》を盗もうと、トロイアに潜入した乞食に逆もどりしたかのようであった。

「さあ、島のあちら側にゆき、あなたの家来だった、豚飼いのエウマイオスの農場をたずねなさい。歳はとったけれど、いまでもあなたへの忠誠心を失っていません。豚たちといっしょに、そこでお待ちなさい。そのあいだに、わたしはテレマコスを連れ帰りましょう」

つぎの瞬間、アテナの姿はそこになかった。——ただ、その場所に、空気のゆらぎが見えたばかりであった。いっぽう、オデュッセウスは内陸へとむかう山道の方に顔を向けた。

農場までやってくると、エウマイオスは、戸口に腰をおろして、自分がはくための靴を、牛の皮でこしらえているところだった。見知らぬ者の到来に、犬たちは、背の毛を総立てて、はげしく吠《ほ》えながら走ってきた。そのままだと、オデュッセウスに襲いかかったところだ。しかし、主人のエウマイオスが駆け寄り、石のつぶてを投げて、こんな犬どもを追いはらってくれた。エウマイオスは、まるで物ごいにしか見えない男にむかって暖かな言葉をかけ、農場の端《はじ》に立っている小屋に招きいれ、食物と、粗末な葡萄酒《ワイン》を出してくれた。客の食事がすむと、エウマイオスは話し相手ができてうれしくてたまらないといったようすで、仕えていた王が行方不明になってしまったこと、そのかわりに、鬼のいぬまにとばかりに、若いならず者たちが、宮殿にわがもの顔でおしかけてきて、王妃の婿《むこ》におさまろうと画策していること、その連中がどんなに尊大で、欲が深いかなどといった話を、ことこまかく話すのであった。エウマイオスは、かつて仕えていたオデュッセウスのことが心底好きであった。だからこそ、話はかつての主人への愚痴《ぐち》へとかわっていった。耳を傾けてくれるなら、誰でもよかった。エウマイオスは、いかにも老人らしく、同じ話を、いままで何度も何度もくりかえしてきたのだ。

オデュッセウスは――なるほど、それもとうぜんの話ではあったが――真剣そのものの顔で耳を傾けた。そうして老人の話が終わると、あなたのご主人はかならずや生きており、まもなく帰ってくるだろうと、断言した。というのも、自分は各地に放浪するうちに、そんな噂《うわさ》を耳にしたと言うのであった。

そんな相手の言葉を、エウマイオスは信じなかった。この乞食は、自分が聞きたいと思うことを推し量って、なぐさめを言っているのだろうと考えたのだ。それでも、エウマイオスは最後までていねいに相手の話を聞いてやった。そして、後刻、豚飼いの少年たちが、豚をおいながら牧草

地から帰ってきて、夕食の時間ともなると、乞食の男にたいして、豚のあぶり肉の豪華な食事を出してやり、心ゆくまで食べさせてやった。食事がすむと、こんどは、オデュッセウスがトロイア戦争の物語をひろうして、一同を娯《たの》しませ、やがて寝る時間となった。

そのころ、アテナはメネラオスの宮殿にいた。テレマコスは母親のことが心配で、故国《くに》ではどんな状況になっているのだろうなどと考えると、目がさえて眠ることができなかった。そんなテレマコスの寝台のわきに、アテナは立った。そうして、そなたの母親はついに心の張りを失い、求婚者たちの一人を婿にむかえると約束してしまった、それを妨げようと思うなら、ただちに帰途につかねばならないと告げた。

「ただし、ここにやって来たときとは違う海路をとるのですよ」

と、アテナはかたく命じるのだった。

「というのは、アンティノウスが快速のガレー船にのり、そなたの命をねらいながら、サーメの断崖の下で虎視眈々《こしたんたん》と待ちぶせしています。イタケの島までやってきたら、漕《こ》ぎ手たちには、そのまま船を漕《こ》がせ、城市《まち》の方まで行かせなさい。だけど、そなたは島を歩いて横断し、豚飼いのエウマイオスの農場まで行くのです。この男は、いまでもそなたと、そなたの父上への忠誠心を失っていません」

　このようなしだいで、つぎの朝になると、テレマコスと、その友人のピシストラトゥスは、メネラオスとヘレネに別れを告げた。二人は、離別の贈り物として、黄金の盃《さかずき》と、葡萄酒《ワイン》をまぜるための銀の器をおくった。それからさらに、ヘレネは、絹の長衣《ローブ》を出してきた。かの女みずからが刺繍《ししゅう》した中でも、もっとも美しいものであった。ヘレネはこれをテレマコスの手の中にゆだねた。

「わたしからの贈り物ですわ。しかるべき時がきたら、あなたの花嫁になる方が着るのよ。それまでは、母上にあずけておきなさい。いつも喜びがそなたとともにありますよう。それに、ヘレネの愛も」

　二人の青年がいままさに去ろうとしていると、――彼らの馬車が宮殿の門の前にとまり、馬たちが軛《くびき》の下でじれはじめた、その瞬間に、一羽の鷹《たか》が山の嶺《みね》から急降下してきた。鷹は、近くで草を食べていた白いガチョウをつかみ上げ、そのまま低空で弧を描きながら、馬車の馬の上を飛び越した。そうして、上昇に転じ、はるかかなたへと姿を消した。

「こいつは何かの前兆にちがいない。でもそれは王さまの未来でしょうか？　それとも、われわれ二人の？」

大空に消えてゆく鷹の影を見つめながら、ピシストラトゥスが言った。

「あなたたちの未来に、決まっているわ」

と、《美しい頬《ほほ》のヘレネ》がこたえる。

「お待ちなさい。偉大な者たち――神々――が、わたしの胸に吹き込んでくださったお告げをご披露《ひろう》しましょう……　鷹は荒れた山の嶺から飛んできて、農場で丸々と肥え太ったガチョウを殺しました。ですから、オデュッセウスが長年の荒れた地の放浪から帰ってきて、ご自分の炉のまわりで肥え太った輩《やから》をやっつけてくれることでしょう」

テレマコスは、よき未来を占ってくれたと、ヘレネの言葉に感謝すると、馬車にのぼり、ピシストラトゥスのわきの席に座った。そうして故国《くに》への帰途についた。

翌日、二人はピュロスの国までやってきた。ピシストラトゥスは馬車をまっすぐ港まで進め、そこでテレマコスを、贈り物とともに下ろした。それというのもテレマコスは、ふたたびネストルの宮殿まで行くことを望まなかったのだ。行けば、親切な老王のこと、きっと引き留められるだろうと思ったからにほかならない。港に立ったテレマコスは、漕《こ》ぎ手たちに声をかけると、船に乗り込んだ。船はただちにイタケをめざして、波を切っていった。

イタケの島につくと、テレマコスは、アテナに命じられたようにひとり船をおりて、水夫たちには、海岸沿いに城市《まち》をめざすよう指示するいっぽう、みずからは丘をてくてくと登って、豚飼いエウマイオスの農場へとむかった。

オデュッセウスとエウマイオスが朝食を作ろうと、火を起こしたところに、青年が門をぬけて、農場に入ってきた。犬たちがさっと駆け寄る。そして歩いてくる男にむかってきゃんきゃんと甘えたり、じゃれついたりした。エウマイオスはおおと叫んで跳びあがり、思わず葡萄酒《ワイン》と水をまぜていた器をひっくりかえしてしまったが、

そんなことにはおかまいなしで、新来の客にむかって走っていった。そんなエウマイオスの背に、オデュッセウスは視線をやった。そこには——先立《せんだ》ってヘレネも見抜いたように——自分自身、それから老父ラエルテスにそっくりな、見知らぬ青年が立っていた。その瞬間——喉《のど》に息がつまり——オデュッセウスはすべてを察した…　この青年こそ、黒い船がトロイアにむかって出航していったときに、母親ペネロペイアの胸に抱かれながら見送っていた嬰児《あかご》——自分の息子なのだ、と。

　エウマイオスは、まるで、長年行方不明だった息子に出会ったかのように、テレマコスを抱きしめた。また、テレマコスの方は、老人の背中を叩きながら、母の再婚を阻止するのにまにあった

かと、しきりにたずねるのだった。こうして同時に話しつづける二人。やがてエウマイオスに引っ張られて、テレマコスは小屋に入ってきた。青年がしきいを越えると、オデュッセウスは、自分の乞食の変装のことを思い出し、たいぎそうなしぐさで立ち上がった。しかし王子は座るように言うのだった。

「ここには、炉のそばに、客の二人くらい座れる場所があるはずだ」

エウマイオスは、新来の客のために、腕いっぱいの柴《しば》をかかえてきて、その上に毛布をひろげた。こうして彼らは――三人とも――腰をおろした。そして、冷えた豚のあぶり肉、小麦のパン、蔦《つた》の木の椀《わん》にそそいだ葡萄酒《ワイン》の朝飯を食べた。食べながら、青年王子と豚飼いの男は、物ごいの老人の扱いをどうしたものかと話し合うのだった。しかし、話題の中心のご当人はといえば、すっかり考えごとに夢中で、しかも目の前の食物に心を奪われてもいるらしく、まったく馬耳東風《ばじとうふう》といったありさまであった。

けっきょく、このような潮垂《しおた》れた人物をテレマコスが連れて、母親の屋敷に帰ることなどできやしない、そんなことをしたら、若いならず者たちからどんな侮辱をうけるか、どんな虐待にさらされるか知れたものではないということで、二人とも意見が一致した。そこでエウマイオスがこの物ごいの男を農場にあずかっておくいっぽうで、農場の主人にとって重荷にならないよう、テレマコスが衣類や食物を送ってよこすことになった。

そこで、テレマコスは豚飼いの老人を宮殿にむかわせることにした。何らかの手段をこうじて、自分が旅からぶじにもどってきたことを母親に知らせねばならないと思ったのである。

エウマイオスが出かけていったかと思うまもなく、犬たちがとつぜん跳び上がり、きゅんきゅんと鳴きながら尾をだらんと垂らし、小屋のいちばん奥のすみにひっこんで行った。そして、それと同時に、輝く眼のアテナが戸口に現われた。その姿は、テレマコスには見えなかった。しかしオデュッセウスには見えた。犬も何か偉大な者のおとずれを感じとり、恐怖を感じたのだ。

オデュッセウスは女神アテナのところまで出ていった。するとアテナは、二人きりになったのだから、いまこそ息子に自分の正体を明かしなさいと、オデュッセウスに言って、黄金の杖《つえ》をその身体に触れた。その瞬間、オデュッセウスは本来の姿にもどった。そして着ていた襤褸《ぼろ》は、オデュッセウスが着るにふさわしい王の装束にかわった。オデュッセウスはくるりと向きをかえると、小屋の中に入っていった。

炉の横にいたテレマコスが顔を上げた。目の前の人物のあまりの変貌《へんぼう》におどろいて、跳び上がった。

「どこのどなたか存じ上げないが」

と、テレマコスは畏《おそ》れをいだきながら言った。

「そなたは、ほんの一瞬前に出ていった老人とはすっかり違った人物になってしまった。これはまちがいない。そなたは不滅の神なのですね」

「神などではない」

と、オデュッセウスはかえす。

「そなたの父だ。人の目をごまかすために乞食のなりをしているが、ついに、父が帰ってきたのだ。そして、いま、《輝く眼の女神》によって、本来の姿にもどしてもらったのだ」

テレマコスは首をはげしく横にふった。そして、

「父なんかじゃない。そんなはずがない」

と、とっさに言うと、さらに言葉をついだ。

「お願いだ。ほんとうはオデュッセウスでないなら、そのふりをして、悲しみをくわえないでくれ」

「ふりなんかじゃない」

と、父親が言った。

「信じるんだ。ほかに誰か帰ってくると期待してもむだだ。わたしがオデュッセウスなのだから。オデュッセウスはほかにはいない。いまも、いままでもそうだった」

こう言われて、テレマコスは信じることにした。その瞬間、二人はがっちりと抱き合って、喜びの涙にむせるのだった。

しばらくすると、オデュッセウスはふたたび腰をおろし、息子にむかって、これまでの放浪の旅のこと、パイアケスからもらった宝を海のニンフの洞穴に隠したことを、なるべく手短かに話した。そして自分の方の話が終わると、ペネロペイアのもとに押し寄せている求婚者たちについて、いったいどれほどの人数がいるのか、どんな武器を持っているのか…などと、くわしくたずねるのだった。

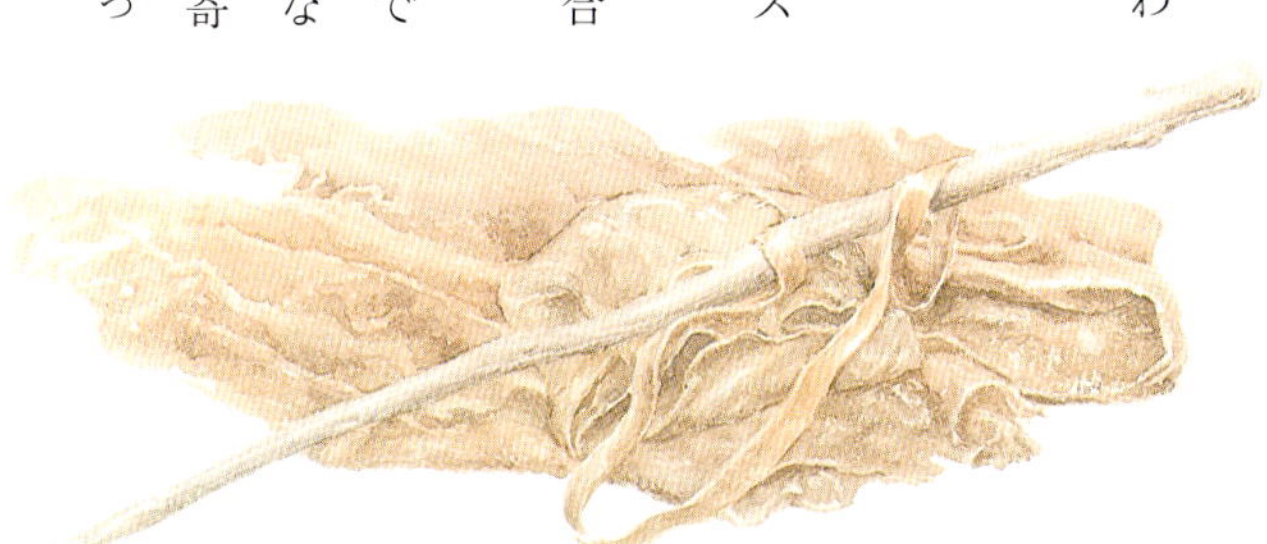

「百八人います」

と、テレマコスがこたえる。

「それにくわえて、わたし自身の裏切り者の召使が一人と、王家が召しかかえている竪琴弾きがいます。宴《うたげ》のおりなど、奴《やつ》らは、この男にむりやり歌をうたわせているのです。みな屈強な若者で、求婚をしようというのに、剣をたずさえて来ます。だけど盾《たて》や鎧《よろい》は持ってきません」

「たしかに難敵だ。だが、きっと勝てると信じている。わが方には、女神のアテナがついてくれているのだ。こんな味方がいれば、剣を持った男何十人にも匹敵するぞ」

というわけで、二人は行動の計画をねりはじめた。

テレマコスは、つぎの朝帰る。求婚者たちからどんなに無礼なふるまいをこうむろうと、絶対に、公然たる争いにひきずりこまれないように注意する。そして、その日、晩《おそ》くなってから、オデュッセウスが物ごいの扮装《ふんそう》で丘をくだり、宮殿にゆく。そうして、これぞという瞬間がきたら、テレマコスに合図をおくるので、テレマコスは、大広間の壁から盾、兜《かぶと》、武器をおろし、安全な場所にかくすことにする。

「もしも、それらが消えたことに、ならず者の貴公子たちが気づいたら、何と言いましょう？」

と息子がたずねる。

「最初は、炉の煙でよごれるからだと答えておくのだ。さらに訊《き》かれたら、そんなものは手近にないほうがよい、母上のお客たちが酒の勢いでけんかをはじめてはことだから、と言えばよい」

二人は、声をそろえて笑った。

「ほかに何か？」

と、テレマコスがたずねると、オデュッセウスは念をおすのだった。

「かたすみの老いた物ごいが、じつは、見かけ以上の者だということを、男であれ女であれ、いかなる者にも悟らせてはならないぞ」

第12章　かたすみの物ごい

つぎの朝、テレマコスは宮殿に帰った。すると、ほとんどの求婚者たちは投げ槍《やり》の練習をしており、残りの者たちは朝食のために豚を殺していた。

彼らは、テレマコスをそれなりに暖かく歓迎してむかえた。しかし、テレマコスがもはや出かけたときのような少年ではなく、成長した大人にかわり、それゆえ自分たちにとって危険な存在になったことを感じとった。彼らの心には殺人の二文字があった。そしてテ

THE BEGGAR IN THE CORNER

レマコスはそれを知っていた。サーメの断崖の下で待ちぶせしているガレー船が何よりの証拠だ。しかし、テレマコスは気づいているそぶりなど、まったく見せなかった。

母親は、自分の部屋でテレマコスをむかえた。エウマイオスによって息子が帰ってくることをあらかじめ知らされていたので、なかば怒りながらも、ぶじに帰ってこられたことを涙ながらに喜んだ。テレマコスは母親をなぐさめた。自分の旅のこと、自分が知りえたかぎりの父親の消息を話し、きっとまもなく帰ってくるだろうと断言するのであった。テレマコスは真実をすっかり打ち明けてしまいたかった。今朝も今朝、豚飼いの農場で、ぼくはオデュッセウスといっしょだったのですよと、どれだけ言いたかったことか。しかしテレマコスは父親の命令を思い出して、黙った。

いっぽうのエウマイオスは、宮殿での自分の用をすませたので、農場に帰っていった。しかしアテナはまたもや物ごいの扮装《ふんそう》をオデユッセウスの上にかぶせたので、エウマイオスには、いぜんとして、それがなつかしのご主人だとはわからなかった。物ごいはだんだんといらだちを見せるようになった。そしてしきりに城市《まち》へ、王宮へと行きたがった。というのも、人影のない山や、草を喰《は》む家畜は自分には無用だ、もし商売を続けようと思うなら、人混《ひとご》みが必要なのだと言うのだった。

そこで、エウマイオスは犬と家畜の世話をする少年たちに農場をまかせることにして、客人のために（老人の足にはつらい荒れ道なので）寄りかかるべき杖《つえ》を見つけてやり、二人して、山から下ってゆくけわしい道を進みはじめた。

城市《まち》が近づくと、二人は、王家に仕える山羊飼い——メランティオスに出会った。この男は、どの求婚者が王になろうとも、いまから後押ししておけばのちのち悪いことにはなるまいというもくろみがあったので、彼らにおべっかをつかっていた。そんなわけで、あくまでも昔の王とその息子への忠誠心を曲げないエウマイオスがやってくるのを見ると、メランティオスは、ごくつぶしだの、ろくでなしだのと、さんざん悪態をつき、おまけにオデュッセウスを山道から蹴り落とそうとした。このまま素手で殺してやろうかと、オデュッセウスは思わないでもなかった。しかし正体がばれてはまずいと思いなおし、自分を抑えた。こうして、二人はメランティオスをよけてぐるりと弧を描きながら、おとなしく道を続けた。後ろから飛んでくるメランティオスのはげしい罵声《ばせい》も、柳に風とやりすごす。

二人はこれ以上に誰かと面倒にまきこまれることもなく、まもなく、宮殿の敷地に入っていった。

さて、門の横に、いずれ荷車で野にはこぶために、堆肥《たいひ》が山のように積まれてあった。そしてこのぽかぽかと暖かい山の上に、一匹の老犬が足を大きくのばして寝そべり、居眠りをしていた。かつては大きな猟犬だったのだろう。しかし、いまはすでに猟に明け暮れた日々は遠く過ぎ去り、痩《や》せこけ、老いさらばえ、ダニだらけの身をさらしていた。しかしこの犬のすぐそばに二人が立ち止まると、犬は頭をあげて、見上げた。人と犬はおたがいを見つめた。そして老犬には、たとえ乞食の格好をしていようとも、自分の主人がわかった。そこで耳を寝かせ、尻尾をふったが、主人のところまで動いてゆくだけの力はもはや残っていなかった。オデュッセウスもそれが自分の犬――アルゴスだと気づいた。黒い船が出征していったとき、アルゴスはよちよち歩きの仔犬の時期を脱したばかりであった。

オデュッセウスは、あわてて手の甲で眼をこすった。そして、

「悲しい光景だ」

と、涙を隠そうとしながら言った。

「犬がここまで老いぼれて、糞《ふん》の山に寝ていようとは。若いころは猟犬だったように見えるが」

「ああ、かつてはそうだった」

と、エウマイオスがこたえる。

「若いころは、若い狩人たちが鹿や、野の山羊、野兎《のうさぎ》の狩猟《かり》に連れていったものだ。だが、そいつの主人はよその国で死んでしまい、召使たちも無頓着《むとんちゃく》で、いっこうに面倒をみてやらないのだ。とくに、このごろのように世が乱れ、王室の中が混沌《こんとん》としているありさまでは……」

と、エウマイオスは言いながら、そのまま王宮に入っていった。

オデュッセウスは、さらに一瞬、アルゴスの横に立っ

ていた。これはわたしの犬なのだ。そう思うと、そこにしゃがんで、老いて疲れたその頭を膝《ひざ》にのせてやりたかった。しかし、まわりには人が大勢いたので、それはできなかった。そしてその瞬間、犬の痩《や》せおとろえた身体に、ぶるっと震《ふる》えが走った。十九年間待ちつづけた主人の姿をふたたび目にして、アルゴスは息たえた。

オデュッセウスはエウマイオスの後を追った。しかし、求婚者たちが夕食の席につき、竪琴弾きが歌を奏でている大広間――オデュッセウス自身の大広間――には入ることなく、高い木の敷居の上の、物ごいにふさわしい場所に腰をおろした。そして背を、扉のわきの、ぴかぴかに磨《みが》いたイトスギ材の柱にもたせかけた。

中央の炉のわきの玉座に座っていたテレマコスは、そんな父親の姿を目にした。そしてエウマイオスにむかって、小麦パンと、豚肉のかたまりをあたえるように命じた。オデュッセウスは食べた。そして、だれか求婚者たちの心に暖かい気持ちが残ってはいないだろうか……こう思ったオデュッセウスは、彼らを試みることを思いついた。オデュッセウスはきたないずだ袋を手にとると、広間をめぐって、物ごいをはじめた。そんなオデュッセウスにむかって、若い貴公子の中には、パンの皮や、骨を投げてくれる者もいた。しかし、一人の男——それは、サーメの断崖で待ちぶせをしたものの、それがからぶりに終わって帰ってきたアンティノウスだったが——腰掛けを振り上げて、オデュッセウスの肩をなぐりつけた。

「アンティノウスには、その婚礼の前に死がおとずれますよう」

と、オデュッセウスが呪《のろ》った。すると、一座のあいだから、ぶつぶつと不安そうにつぶやく声が聞こえた。さらに何人か、高笑いをもらす者もあった。それは半分は笑いであったが、あとの半分は別の何かであった。というのも、このような風来坊を虐待することがいかに危険なことか、彼らにはよくわかっていたからだ。じつは、神が姿をやつして来ていたのだと、あとになって判明することだって、よくあることなのだ。

さて、このとき、大広間には女奴隷《どれい》がいたので、いまそこで何が起きたのかは、すぐさま、自分の部屋にいるペネロペイアのところまで伝わってきた。そのようなことが、自分の館《やかた》で起きたことを、ペネロペイアははげしく憤《いきどお》った。また、夫オデュッセウスの消息が聞けないものかと、この土地にやってきた客人、旅行者からはかならず話をきくというのが、かの女の習慣であった。そこでペネロペイアは、エウマイオスを呼んで、自分の部屋まで物ごいの男を連れてくるよう命じた。ところが、このような誘いがきても、オデュッセウスはエウマイオスをそのまま帰らせた。そして、自分は大広間ですでに一度ぶたれたので、夜になって、ごろつきどもが家に帰るまではふたたび屋敷の中に入るつもりはないという言葉をたくした。これにたいして、王妃は、それでよい、静寂がおとずれたときに、広間で会おうと言うのだった。

オデュッセウスは、扉の前に腰をおろして、じっと待った。しかし、なかなか、おとなしく待たせてはくれなかった。宮殿に住みついている乞食が、もう一人いた。この男は、長いあいだ、いわば乞食の王であった。イロスという名のこの男、身体はやたらに大きかったが、筋肉と勇気はまるでなかった。いま、このイロスが宮殿にやってきた。そして、敷居の上にいる新来の乞食の姿を目にすると、立ち去るよう、えらそうに言った。

「とっとと失せろ。早くしないと、足をひっぱって放りだすぞ」

「われわれ二人分の場所が、十分にあるようですなあ」

オデュッセウスが、穏やかにかえした。

ところがイロスの方は、憤怒《ふんぬ》のあまり顔を真っ赤に染めて、ここにいたければ、立ち上がって、おれにかかってこいと怒鳴った。求婚者たちは、すでに食事をおえ、中庭で踊りやゲームなどをはじめていたが、二人の乞食が戦うのを見るのも、たまには面白いではないかと思い、はやくはじめろなどとはやしながら、足踏みをし、手をたたきはじめた。そして、勝者には夕食のあまりの黒プディングを、腹いっぱい食べさせてやろうと、賞品まででつけるしまつ。さらに、勝者は乞食の王にしてやろう、その領地の中では、ほかに誰も物ごいをさせないこととしよう、などと宣言するのだった。

オデュッセウスは、これは、もう、やむをえないと思い、腰まではだかになった。すると、その腕と肩の筋肉を見て、イロスはたじろぎ、やはり戦うのをやめたいと思った。しかし、求婚者たちが円《まる》くとり囲み、にぎやかに叫んだり、笑ったりしながら、イロスをけしかけた。

戦いはあっけなく終わった。イロスはオデュッセウスの肩をねらって、ぎこちなく腕をふりまわして、拳《こぶし》の一撃をくわえようとする。しかし、逆に、オデュッセウスの拳《こぶし》がイロスの左耳の下にまともに炸裂《さくれつ》し、イロスは鼻と口から血を流しながら、倒れた。オデュッセウスは男の身体を引きずって扉の前からのけると、優しい仕草《しぐさ》で、壁にもたせかけてやった。そんな光景を見ながら、求婚者たちはげらげらと笑い、新しい乞食の王、万歳！などとはやしたてた。

しかし、こんなばか騒ぎにうんざりしたオデュッセウスが、貴公子たちにむかって、もう、そろそろ、家に帰って、二度とここに来ない方がよい、館《やかた》の主人がもどってきて、そなたらのせいで大広間が豚小屋のようになっているのを見たらひどい目にあわされるぞと言うと、彼らはひどく機嫌《きげん》をそこね、なかんずくエウリュマコスという名の男が、オデュッセウスにむけて腰掛けを投げつけた。オデュッセウスはひょいと頭を下げてそれをよける。椅子は酌人《しゃくにん》に命中し、葡萄酒《ワイン》のまぜ椀《わん》がひっくり返って中身が飛び散ると、ふたたび、乱痴気《らんちき》さわぎがはじまった。

しかし馬のように食べ、鯨《くじら》のように酒を飲んで、さすがに眠くなった若者たちは、やがて、ふらつく足で宮殿を出て、それぞれの寝床へと帰っていった。このときをねらいすましていたかのように、オデュッセウスとその息子は、広間の壁から武器をおろし、屋敷の地下の倉庫へとはこんだ。そうしてすべてが安全な場所に隠されると、テレマコスは、中庭に面した自分の部屋にもどって、眠りについた。

しかしオデュッセウスは、いよいようす暗くなってきた大広間に、そのまま座っていた。炉では、火が弱々しく燃えている。もうすぐペネロペイアが来るはずだ。

ところが、まず最初にやってきたのは、ペネロペイアの侍女たちであった。にぎやかにしゃべり、笑いさんざめきながら、夕食の残りをかたづけにきたのだ。女たちは、乞食の老人がなおもそこにいるのを見て、びっくりした。そして、その中の一人、メラントという女が、まるで、農場から迷い込んできた動物か何かを扱うみたいに、しい、しいと言いながら、老人を追い出そうとする。そうして、耳のそばで松明《たいまつ》を振って脅《おど》した。しかし、そのすぐ後に入ってきたペネロペイアは、そんな声を聞くと、メラントを叱《しか》りつけた。そして中央の炉の火をかき起こし、その横に客人のための椅子を置くよう命じる。やがて男がそこに腰をおろし、侍女たちが去ってしまうと、ペネロペイアは自分自身の、乳色の羊皮をひろげた椅子の上に腰をおろした。そうして、あなたはどういう者なのか、どこからやって来たのかとたずねた。

まだ妻に真実を明かすほどに機が熟してはいないので、オデュッセウスは、またもや作り話をした。そうして、自分はもとクレタの王子であったが、黒い船とともに出征はしなかった…トロイアにむかう途中のオデュッセウスを、客人としてもてなしたことがある、オデュッセウスの船団の何隻かが嵐で損傷を受けたので、修理をしてやったのだ…などと話した。

ペネロペイアは、このようなとても古い話にも、涙を流した。しかし、過ぎ去ったこれまでの長い年月のあいだに、ペネロペイアはでっちあげの話をさんざん聞かされてきた。そこで、相手を試すつもりで、ペネロペイアはこうたずねてみた。

「教えてください。オデュッセウスさまはどんな格好をされていましたか？　何でも、聞けるだけのことはすべてお聞きしたいのです」

オデュッセウスは心の中でにんまりとした。しかし、答える口調はまじめそのものであった。

「紫の裏付きマントをお召しになっていました。それは二本の鞘《さや》付きピンのついたブローチで、肩にとめられていました。ブローチは、猟犬が、あばれる仔鹿《こじか》を押さえつけているのを模した形でした。それから、マントの下は、むいたタマネギの内《なか》のようになめらかな上衣《トウニカ》でしたね」

ペネロペイアは、あらためて涙にくれた。ブローチも、マントも、そして上衣《トウニカ》も、すべて出征してゆく夫にみずからの手でわたしたものばかりだった。

「なにとぞ」

と、オデュッセウスが言った。

「もう、お泣きになりませんよう。わたしは、不運のために近年ずっと放浪の身をかこっていますが、そんなあいだに、オデュッセウスさまの噂《うわさ》をふたたび耳にしました。オデュッセウスさま――ともに出かけた仲間のうち、オデュッセウスさまだけが、まだ生きておられ、あなたに会おうと、いまも故郷《ふるさと》への旅にあるのだ、と」

ペネロペイアはとても信じる気にはなれなかった。これまで信じて――そして裏切られたことが何度あったことか。しかし、こうしてもたらされた希望をきっぱりとこばむこともできなかった。そこで、感謝の気持ちでいっぱいになったペネロペイアは、老いた乳母《うば》のエウリュクレイアを呼び、湯を持ってきて、客人の足を洗うよう指示した。長い旅のために、泥が皮のようにこびりつき、ひび割れだらけになっていたからだ。

女が盥《たらい》をはこんできた。それが誰だかわかると、オデュッセウスはわずかに身を後ろにひいて、炉の明かりから顔をそらした。

「こんな愚かな老婆ではございますが」

と、エウリュクレイアは、歯のすっかりぬけた口から、低いつぶやきを押し出した。

「わたくし、このようなことのできるのが、うれしくてたまりませんのよ。おなつかしい旦那《だんな》さまには、異国《とつくに》で、このようなことをしてさしあげる女がはたしていらっしゃったかしらなどと思うと、まるで、もう、旦那さまのために、こうして足を洗ってさしあげているような気がいたしましてねえ。あら、あなた、清潔な衣にきがえなすったら、きっと、昔の旦那さまのようにそっくりにお見えになりますわよ。ええ、お顔ばかりでなく、手と足すらが……」

「オデュッセウスさまとならんで立つと、よくそのようなことを言われたものです」

と、男は急いで言った。

しかし、その同じ瞬間、男の膝《ひざ》から襤褸《ぼろ》を押しのけたとたんに、老婆のつぶやきがぱたりとやんだ。老婆の目は、白い傷跡を見ていた。それは膝のすぐ上からはじまり、腿《もも》をはい上がって、尻の方へと曲がっていた。それは、オデュッセウスがまだほんの子どもだったところに狩猟《かり》に出て、猪《いのしし》の牙《きば》に突かれた跡だった。エウリュクレイアは、ただちに、それがわかった。

「おお、坊っちゃん」

と、老婆がささやいた。

「おお、旦那さま」

エウリュクレイアは、乞食の扮装の内側にオデュッセウスを見出した二人目の者だ。最初はアルゴス——オデュッセウスの猟犬であった。

老婆の手から、オデュッセウスの足がすべり落ちた。ばしゃんと水がはねた。そして、そのときには、すでに振り返って、すぐそばに座っているペネロペイアにこの喜ばしい知らせを大きな声で伝えようと、口を開いていた。しかし女神のアテナは、さきほどから、王妃の思いを炉のすぐわきで起きていることからそらしていた。まだ、ペネロペイアにすべてを知らせるべきときではないのだ。そしてオデュッセウスは、老婆の喉《のど》に手を置き、もういっぽうの手で引き寄せると、

「黙りなさい、ばあや。わたしを死なせたいのですか?」

乳母《うば》はオデュッセウスの顔を見た。そして、すべてを察し、うなずいた。

「坊っちゃん、わたしは石のように黙っていますよ」

こう言うと、老婆はふるえる手で仕事を続けた。洗いおえると、老婆はオデュッセウスの足に油をすりこんだ。そして、器をもって立ち去った。するとペネロペイアがふたたび客人の方に顔をむけて、自分の悲しいありさまを縷々《るる》語りはじめた。そして、オデュッセウスがすぐにも帰ってきてくれなければ、ついに圧力に屈して、求婚者たちの一人を新しい夫として選ばなければならないような立場に追い込まれているのだとのべた。だけど、誰一人として結婚したい相手などいないのに、どうやって、彼ら

の中から一人を選べばよいのでしょう?とペネロペイアが言うと、オデュッセウスはこわばった声でこたえた。

「何か、競技会でもひらいてはいかがでしょう。そうして、勝者のもとに嫁ぐのです」

ペネロペイアはしばらく言葉をかえさず、機織《はた》りにじっと注意をこらしていた。しかし、そのうち、手から紡錘《ぼうすい》がだらんと落ち、ペネロペイアは目をあげた。

「旦那さまご自身の弓が、まだこの屋敷に残っています。まことに大きな弓で、あの方をおいて、それを引ける方など、ほとんどありません。いまでもよく憶《おぼ》えていますわ。弓で的を射る練習や、弓術の競技によく用いられる、輪っかつきの斧《おの》がありますが、お若いころのオデュッセウスさまは、そんな斧を十二本持ってきて、それをずらりと縦にならべると、一本の矢でもって、十二個ぜんぶの輪をいっきに通すというような離れ技を、お見せになったものですわ。ですから、ぜひとも、弓の競技会をひらきましょう。あの方の弓をいちばん大きく引ける人、いちばん巧みに、ならべた輪っかに矢を通せる人を、わが新しい主人としてお迎えしましょう。そうして、その方に連れられて、この屋敷とも別れを告げるのです。花嫁としてまいっていらい、ずっとわたしのたいせつな家だったのですが……」

「では競技の会を、明日、おひらきなさい。あまりに急なこととお思いでしょうが、だいじょうぶです。オデュッセウスさまご自身がきっと現われるでしょう。下らない男たちに、自分の弓をひかせるものですか」

ペネロペイアは、相手をじっと見つめた。が、やがて立ち上がると、広間をあとにして、お付きの女の待っている自分の寝室へと引き上げていった。

第13章　大弓の競技会

オデュッセウスは、その夜を、柱廊《ポルティコ》の床に羊の皮を何枚も重ね、その上で過ごした。なかなか眠りにつけなかった。どうすれば、敵をやっつけることができるだろう？　頭の中では、さまざまの計略がかけめぐっていた。が、やがて、女神のアテナが、オデュッセウスにとってとても重要であるはずの眠りをもたらしてくれた。

朝になる。オデュッセウスは早くから起きあがり、なにとぞ、

THE ARCHERY CONTEST

ご好意のしるしを見せていただきたいと、父なる神ゼウスに祈った。祈りが終わるか終わらないうちに、ゼウスは、オデュッセウスのために、晴れた空に雷鳴をとどろかせた。そのとき、すぐ近くで、小麦を碾《ひ》く女の声が聞こえた。求婚者たちが焼きたてのパンを腹いっぱい食べられるよう、このように小麦を碾《ひ》くのは毎朝の仕事であった。しかし、今朝、他の女たちがみなすでに仕事を終えたのに、この女だけは、年をとり、力もないので、まだわりあてられただけの籠《かご》を満たすことができないでいた。

「父なるゼウスさま、きっと、さっきの雷《いかずち》は、あなたさまのご好意が、どこかの幸運なお方にくだされる前兆でございましょう。そんな幸運に、わたしもあやからせてください。お願いです。これが、貴公子の若僧たちのために麦を碾《ひ》く最後になりますよう。あの連中ときたら、旦那《だんな》さまの広間で好き放題にふるまっています。あんな連中のために、麦を碾《ひ》かされて、わたしはもうぐったりです。これが、あいつらの最後の食事になりますよう!」

とつぜん鳴りひびいた雷鳴と、このような老婆の言葉に、オデュッセウスは明るい気持ちになり、身体の中に勇気がりんりんとして満ちてくるのを感じた。

まもなく、召使たちが仕事をはじめた。女中頭のエウリュノメによる厳しい監視のもとで、彼らは土間を掃いて、水をまき、椅子の上に紫色のおおいをひろげ、ぬれたスポンジで食卓をぬぐい、葡萄酒《ワイン》の杯《さかずき》を洗った。そしてその他の者たちは井戸に水をくみにいった。

やがてエウマイオスが、農場の豚を引きつれてやってきて、オデュッセウスにむかって古なじみのようにあいさつした。二人が話していると、山羊飼いのメランティオスが屠殺《とさつ》用の動物とともに到着した。そして、オデュッセウスにたいして、いかにもこの男らしい尊大な調子で声をかけた。

「何だ、まだいるのか? とっとと消え失せな。じゃないと、俺がそのお手伝い申し上げるぜ」

そこへ、牛飼いのピロイティオスが、食卓に供するための牛をつれてやってきた。牛飼いは、新来の物ごいが求婚者たちからひどい虐待を受けたという話を聞くと、まっすぐオデュッセウスのところまでやってきて、手をにぎりながら、なぐさめの言葉をかけた。

「ご老体、よくぞ来られた。いまはつらい時期だが、運というのは変わるものだ。そなただって、いつ出世しないともかぎらない。わしのいちばんの牛を食いちらすあのお坊っちゃん連中なんぞ、すぐそこにあわれ凋落《ちょうらく》の運命が待っているかもしれないし……」

そうして、最後に、求婚者たちが姿を見せた。まるでガチョウの群れのようにやかましく喚《わめ》きながら、どやどやと入ってきて、朝の食事にかぶりついた。テレマコスは、お気に入りの猟犬を二匹したがえ、手には狩猟用の槍《やり》をたずさえて登場した。そして、広間のいちばん端《はし》の席につくよう、オデュッセウスに指示し、たっぷりと食事をあたえるよう、召使たちに命じた。

やがて求婚者の一人、クテシッポスが言った。

「そいつは、自分の分をもうたっぷりともらったろうが、わたしが、もっとたっぷりくれてやろう」

言うがはやいか、クテシッポスは、渾身《こんしん》の力をこめて、牛の足をオデュッセウスめがけて投げつけた。しかし物ごいはただ横に身体をかたむけたばかりで、牛の足はむなしく後ろの壁にぶちあたった。

テレマコスは憤然《ふんぜん》として文句を言った。しかし、しょせん多勢《たぜい》に無勢《ぶぜい》であった。それにテレマコスは、しかるべきときが来るまでは争いをはじめてはならないという父の命令を、忘れてはいなかった。ところが、テレマコスの文句がきっかけとなって、まるで大風が生じたかのように、またたくまに、奇妙な気分が混雑した大広間にひろまった。そして求婚者たちは、激しく笑い、かつ泣きはじめた。ただわけもなく、まったく同時に、笑いながら泣くのだった。わけがわかっていたのは、こんな奇妙な気分を彼らの上にふりまいた、女神アテナだけであった。

さて、ここに、王家に仕えている男で、ときたま予言の力をさずかることのある人物がいた。この男がとつぜん立ち上がり、求婚者たちの頭上にむけて絶叫しはじめた。

「不幸な者たちよ。そなたらのまわりに闇が見える。そなたらの頬《ほほ》には涙が流れ、空気は死者を悼《いた》む声でいっぱいだ。四方の壁と床には血が飛び散り、前庭では、そなたらの亡霊が黄泉《よみ》の国へとせっせと向かっている。空から太陽が消えた！」

しかし男たちは、ただ、さらに狂ったように笑うばかりで、もしも宮殿が暗いというのなら、とっとと出ていって、町に行くがよいというばかりであった。

「いかにも、そうするさ。そなたたちの一人〱に死がせまっている。これ以上、そなたらといっしょにいたくない」

予言者はこう言いかえすと、決然と立ち上がって、ずかずかと広間から出ていった。

求婚者たちはなおも笑いころげながらも、たがいを肘《ひじ》でつつき合い、目くばせを交わした。そしてテレマコスをからかいはじめ、およそ思いつくかぎりの意地悪をしかけた。しかしテレマコスは口を閉じたまま、じっと父親に目をそそぎつづける。そうして、機が熟せりという合図が出るのを、ひたすら待った。

やがてペネロペイアが広間に入ってきた。オデュッセウスの大きな角《つの》の弓と、矢のいっぱい入った矢筒を持っている。そしてペネロペイアの後ろから、お付きの女たちが、輪っかつきの斧《おの》を十二本おさめた箱をはこんできた。ペネロペイアは、屋根を支える大柱のそばに立った。そうして、一同をさげすむような調子で、挑戦の口上をのべ立てた。

「貴公子のみなさま、どうやら、わたくしはあなたがたのうちのお一人と結婚しなければならないようですから、どのお方か決めるのに、わたくしの一存で競技会をひらかせていただきます。そういうわけですから、わたくしの真の伴侶《つれあい》であるオデュッセウスさまがお持ちになっていたこの弓を、いちばん大きく引くことのできるお方、そして、この十二本の斧を順にならべて、その輪っかにまっすぐに矢を通すことのできるお方――そのようなお方に、わたしはこの身をおまかせすることにいたします」

誰よりも先に、テレマコスが跳び上がって、最初の矢を射る権利はわたしにあると叫んだ。

「そして、もし成功したら、王妃――わが母上を、母上ご自身の屋敷から連れ去ることなど、誰にもさせないぞ」

しかし、その前にまず、標的を立てなければならない。王子はマントを脱ぎ捨てた。そうして鋤《すき》を持てと叫ぶと、土間に細くて長い溝をほった。そのさい、扉を入ってすぐのところの、父親が座っている場所に正確にむくように、細心の注意をこめた。この溝の中に、テレマコスは十二本の斧を埋めていった。それらが一直線上にならぶよう、それぞれの輪っかが前後のものときちんと重なりあうよう確認し、そのまわりの土を踏んで固めた。

こうして準備がととのうと、テレマコスは弓と矢筒を手にとって、高い敷居の上に位置四度《よたび》、テレマコスは大弓の弦《つる》を引こうと試みた。そして三度《みたび》失敗した。四度《よたび》目、テレマコスは歯をくいしばり、必死の力をこめる。今度は成功しそうにみえた。しかし物ごいの老人が、片方の手をわずかに動かして、すばやく合図をおくると、テレマコスは弓を地面におろし、首を横にふった。

「おお、残念無念。父上の力にはとてもかなわない」

これに続いて、一人、また一人と試みていった。男たちは順番に立ち上がり、敷居の前で足をふんばった。そして彼らはつぎつぎと失敗していった。十度目か、十二度目の失敗のあと、アンティノウスが炉にもっと木をくべて、脂《あぶら》を持ってこいと命じた。弓を暖めて、しなやかにしようというわけであった。たしかに、弓はずっと使われていなかったので、乾燥し、こわばっているのはまちがいなかった。彼らは、弓の角の部分を暖めて、脂をすりこんでから、もう一度試してみた。しかし、結果はまったく同じであった。

こんなことが続いているあいだ、エウマイオスと牛飼いの男は、さっぱりらちのあかないことをじっと見ていることにあきあきしたので、しゃがんでいる乞食の横を通って、庭に出ていった。オデュッセウスは立ち上がり、そっと二人の後を追った。そして柱廊《ポルティコ》のと

ころで、二人に、おさえた声で話しかけた。

「もし、かりに、オデュッセウスさまが帰ってきたとして、そなたらの力ぞえが必要だといえば、そなたらはオデュッセウスさまのために戦うか？　それともなかのごろつきどもに味方するか？」

「オデュッセウスさまだ！」

二人がほとんど息をそろえて言った。

「神さま、どうかオデュッセウスをお返しください――おそくならないうちに」

そこでオデュッセウスは、襤褸《ぼろ》の上衣《トウニカ》を引っ張り上げ、二人に腿《もも》をみせた。

「この傷に見覚えがあるか？」

二人ははっと息をとめ、目を丸くして見つめた。そうして、うれし涙を流しながら、オデュッセウスに飛びついて、まるで兄弟のように抱きしめた。

しかし、ほんの数瞬ののちに、オデュッセウスは腕をおろし、後ろにさがるよう二人に命じた。通りかかった誰かに、再会を喜ぶ姿を目撃されて妙に思われては、面倒なことになる。オデュッセウスは言った。

「いまから、わたしは広間にもどる。エウマイオスよ、そなたはついて来い。そしてわたしが、自分の力と技をためさせてほしいと願い出たら、弓を持ってきて、わたしの手に持たせてくれ。誰がとどめようとしても、気にするんじゃないぞ。それからピロイティオスよ、そなたは前庭から道に出る扉をしっかりと閉ざしてきてほしい。それがすんだら、そなたもわたしのもとに来るのだ」

手はずを決めると、オデュッセウスは混雑して、騒々《そうぞう》しい広間にもどった。求婚者たちは、あいかわらず、大弓の弦を引こうとがんばっている。オデュッセウスが扉のすぐ内側の自分の席にもどったとき、ちょうど、アンティノウスが、競技を明日まで延期し、弓の誉《ほま》れ高きアポロン神に生け贄《にえ》を捧げてから、もう一度試みてはどうだろうと、提案しているところであった。しかし、このとき、戸口に座った物ごいが声をあげて、どうかわたしの力と腕前をためさせていただきたいと言いだした。そんなこと、考えてみただけでも滑稽《こっけい》だといわんばかりに、高貴な若者たちは腹をかかえて笑った。そして、何という増長ぶりだ、上等の食物と葡萄酒《ワイン》を腹に入れすぎたせいで、頭にまわったのだろう、そんなことなら船にでものっけて、人肉を食べるエケトス王のところに送りつけてやるぞ、そうでもしないことには、お前をやっかいばらいできそうにないからなと、脅《おど》すのであった。

しかし、この時、ペネロペイアの冷静で落ち着いた声が、りんとして、広間の真ん中から響いてきた。ペネロペイアはいぜんとして大柱のわきに立っていた。——その物ごいは、わが舘《やかた》の客人なのです、そなたらと何ら変わりはありません。だから、望みとあらば、そなたらと同じように、試みることを許さねばなりません……

「で、もしも成功すれば、婿にとるのかい？」

と、誰かが叫ぶ。さらに大きな笑いがまき起こった。

「その人は、そんなことは望んでいないと思います。だけど、その人には新しくて暖かいマントと、剣と槍《やり》をさしあげましょう。それから、めざしている場所に行くのを、手助けしてあげましょう」

すると、今度はテレマコスが口をひらいて、自分はその物

ごいの男に賞品をあたえよう、望みとあらばこの弓でもよい、それは自分のものなのだから、何の気がねがいるものか…と言った。そして、母親がこれをたしなめようとすると、テレマコスは言葉を返した。母上はご自分のいるべき場所におもどりになり、侍女たちとともに機《はた》を織っていてください。それこそが女の仕事です。武器のことは男にまかせておくものです…

ペネロペイアはびっくり仰天した。息子がこんな風に——屋敷の主人のように話すのを、いままで聞いたことがなかった。ペネロペイアは、侍女たちに囲まれながら、静かに階段を上がっていった。そして、宮殿の中の女のための領域の、自分の部屋へともどっていった。

広間では、エウマイオスがオデュッセウスのところまで弓をはこぼうとしていた。ところが、求婚者どもが大声をあげて威嚇《いかく》するものだから、エウマイオスは途中で立ち止まってしまい、弓を下に置こうとした。命の危険を感じたからであった。しかしテレマコスが、それに負けない大きな声で叫んだ。

「その弓を下ろすんじゃない。そなたは、われらすべての命令に従うことはできないぞ。そして、わたしがここの主人なのだから、わたしの命令に従うがよい」

そこでエウマイオスは歯を食いしばって、広間を歩きつづけた。そして、大きな弓と矢筒を、オデュッセウスの手にわたした。このとき、オデュッセウスはエウマイオスの耳にそっとささやいた。――エウリュクレイアのところに行って、女たちの間《ま》に通じる扉に錠《じょう》をおろすよう命じてこい…… エウマイオスは言われたとおりにして、扉がしっかりと閉まったのを見とどけてからもどってきた。いっぽう、ピロイティオスは庭の門を閉ざし、柱廊《ポルティコ》のところにころがっていた船のロープで縛り合わせた。仕事がすむと、牛飼いも広間にもどってきて、豚飼いとともに、オデュッセウスにぴたりとよりそった。そしてオデュッセウスはといえば、求婚者たちの嘲《あざけ》りや罵倒《ばとう》などどこふく風で、弓を、上下に、また左右へとひねくりまわしながら、よい状態にあることを確かめた。それは野山羊の角でこしらえた弓であったが、角には虫食いひとつなかった。

すっかり満足すると、オデュッセウスは、弓の下端を足の甲にのせた。そうして弓をぐいと曲げると、まるで吟唱詩人が竪琴《リラ》の弦《げん》を張りかえるように、いとも簡単に弦《つる》を張った。

腹立ちはんぶんの失望の声が、混雑した広間に湧《わ》き上がった。オデュッセウスは弦をはじいてみた。ぴいんと――ツバメが仲間を呼ぶような音がひびいた。オデュッセウスは、すでにわきの矢筒からひっぱり出してあった矢を持ち上げると、それを弓につがえ、腰掛けから立ち上がろうともせず、弓を立て、弦を引き、矢を放った。一瞬の、流れるような動作であった。矢はまっすぐに飛び、十二本の斧の輪をきれいにくぐり抜けた。

「そなたの客の乞食が、そなたの父上の弓に恥じぬ仕事をしたのだ」

と、オデュッセウスはテレマコスに言った。

「だが、ふたたび王の広間で宴《うたげ》をもよおそうと思うなら、いまこそ、野獣《けもの》を駆り立てて、殺すべき時がやってきた」

こう言いながら、オデュッセウスは腰掛けから立ち上がり、さあ、はじまるぞといわんばかりに、両肩をぶるんと震《ふる》わせた。

そしてテレマコスは、狩猟用の槍をかまえながら広間をわたり、父親の横に立った。

第14章　求婚者たちの最期

オデュッセウスはぴょんと跳ねて、高く、幅広の敷居の上に立った。そうして矢筒を倒し、矢を足もとにぶちまけると、高らかに叫んだ。

「いまから、別の的を射る。いままで、どんな射手もねらわなかった的だ」

オデュッセウスはねらいをつけて、ふたたび矢を放った。アンティノウスは黄金の杯《さかずき》を持って、ずっと酒を飲みつづけていたが、

THE SLAYING OF THE SUITORS

この杯が地面に落ちて、からんと鳴った。ついでアンティノウスが後ろにのけぞって倒れた。矢が喉《のど》を貫いていた。

求婚者たちは跳び上がるように席をたち、脅《おど》し文句を叫び、左右にきょろきょろと首をふりながら、血眼になって武器をさがす。しかし、壁には、あるべき盾《たて》も槍《やり》もなかった。四囲《しい》の壁は丸はだかであった。

しかしオデュッセウスは、すでに、つぎの矢を弓の弦《つる》につがえていた。そして叫んだ。

「犬め。お前らは、わたしがトロイアから帰るまいと思って、わたしの財産を湯水のように使い、ずうずうしくも、わたしの妻の婿におさまろうとした。すべて自分らの思い通りになると思い、まともな人間らしく、神を恐れることもなかった。だが、いま、清算の時——死の時が、お前らすべての上にやってきたのだ」

「剣を抜いて、食卓を盾にするんだ」

エウリュマコスが仲間にむかって叫んだ。

「わたしにつづけ。そいつを、戸口から押しのけてやるぞ」

こう言うと、みずからも剣を抜いたエウリュマコスは、きえいというかけ声とともに、オデュッセウスにむかって突進した。

しかしオデュッセウスは弓につがえていた矢を放った。そして相手がまさに跳びかかったその瞬間、青銅《ブロンズ》の鏃《やじり》が喉を貫き、男はぐしゃんと落ちて、腰掛けがごろごろとひっくり返り、葡萄酒《ワイン》がこぼれ散った。アムピノモスがこれにつづく。しかし、テレマコスの投げた槍がささり、地面にくずれ落ちた。ほんの数瞬のあいだ腕と足が空をかいたが、すぐに動かなくなった。

テレマコスは、父親にむかって、武器をとりに倉庫に行ってきますと叫んだ。オデュッセウスはつぎの矢を弓につがえながら、押し寄せようとする敵から眼をそらすこともなく、うなずいた。

「急ぐんだ。矢がつづくうちは、あいつらを戸口から遠ざけておくぞ」

テレマコスはありったけの速度で走った。そして、自分たちと、エウマイオス、ピロイティオスのための盾と槍と兜《かぶと》をかかえ、がしゃがしゃというにぎやかな音とともにもどってきた。

オデュッセウスが放つ矢の雨に守られながら、彼らは鎧《よろい》を身につけた。そして矢がつきると、三人が槍で援護しているあいだに、オデュッセウスが鎧を着た。

ところが、山羊飼いのメランティオスが、倉庫に行く秘密の道を知っていた。そして、もしも求婚者たちが殺されたり、降伏したりすれば、自分の命もないものと思ったので、そっと広間から抜け出して、まるで騾馬《ラバ》のように、どっさりと鎧兜と槍をかかえてもどってきた。

オデュッセウスは、目の前の烏合《うごう》の衆の中に、鎧を着た者が現われはじめたことに気づいた。そこでエウマイオスと牛飼いにむかって、倉庫まで走っていって、誰が敵に手をかしているのか見てこいと言った。二人の男は、はじかれたように駆けだした。そして倉庫にたっすると、メランティオスが、求婚者たちにわたすための武器を、けんめいにかき集めているところに出くわした。二人は荷造りロープでメランティオスをぐるぐる巻きに縛り上げると、ロープの端を垂木《たるき》の上に通して、引っ張り上げた。そうして、ぶらさげたまま、そこに残した。この男をどう処分するかは、まず、ご主人に相談しなければならない。二人は大急ぎでもどって、オデュッセウスと息子とともに、戦闘位置にもどった。そこは大広間の扉の前だ。猛烈に怒り狂った求婚者の大集団を、たった四人でそこに閉じ込めておこうというのだ。

このとき、女神アテナが、ふたたび手をさしのべてくれた。アテナは、まず、王の幼少時代の友人の姿で現われると、まるで馬車競走のときに馭者《ぎょしゃ》が馬をはげますように、王にむかって激励の声援をおくった。つぎに、アテナはツバメに姿をかえ、天井の梁《はり》の上にとまった。そうして、この場所から、広間で起きていることをすべて目におさめながら、自分の力を下にむけて送った。そのため、いまや、いちばん力の強いアゲラオスが、求婚者たちに指図をあたえていたが、この者たちが、命令一下、六本の槍をいっせいに投げても、すべてねらった的をはずした。ところが、扉の前の四人が投げた槍は、すべて、ねらった相手を殺したのであった。

ふたたび、求婚者たちが槍を投げた。今度は——ほんのかすり傷ではあったが——テレマコスが負傷した。また、別の槍は、エウマイオスの盾の上にやってきて、飛び去りざま、肩をこすった。

しかし、戸口を死守するオデュッセウスと三人の男たちは、集団のもっとも密集しているあたりをねらって、槍を投げた。今度も、それぞれねらった標的が倒れふした。

しかし、これで槍がつきたので、四人は剣を抜いた。そしてオデュッセウスに率いられて、広間を駆けて、敵のまっただ中に飛び込んでいった。そして雲霞《うんか》のような敵をつぎつぎに斬《き》り伏せていった。

この同じ瞬間、天井のもっとも高いところにいた女神アテナが、またもや姿をかえた。そして、今度は、畏《おそ》ろしくも神々しい姿で現われた。そして死をもたらす、恐ろしい盾アイギスを高々とかかげた。これは、見る者の心に恐怖をたたき込まないではいない、魔の盾であった。

求婚者たちは、怖《こわ》く、畏《おそ》ろしい気持ちで心がいっぱいになった。そのためオデュッセウスの攻撃を受け止めるどころか、ただ勝手な方向に逃げまどうばかりであった。アブの襲来に恐慌《パニック》をおこした牛の群れと、何ら選ぶところがなかった。四人の戦士はこんな敵に襲いかかり、前後左右に剣をふるった。敵はあっけなくも、ばたばたと倒れていった。

使者のメドンは、これまで求婚者たちに逆らおうとはしなかったが、そのいっぽうで、王家の役に立とうともつとめてきた人物であった。メドンは、はいだばかりの牛皮にくるまりながら、食卓の下にひそんでいたが、いま、この隠れ場所からはい出してきて、テレマコスの足もとに身を投げると、命ごいをはじめた。また吟唱詩人のペミオスも、竪琴《リラ》とともに進み出てきて、オデュッセウスの膝《ひざ》にしがみつくと、こう言うのだった。

「わたしは、あいつらに無理じいされたので歌っただけです。王子さま――ご子息さまが証人です。心の中では、またあなたのために歌いたいと、いつも願っておりました。どうか、お赦《ゆる》しください」

オデュッセウスは二人を赦《ゆる》した。そして二人を中庭に出した。二人は、一族の祭壇の前にぬかづくのであった。

オデュッセウスは、もっと戦いが残っているのではと、振り返った。しかし、戦いはすでに終わっていた。求婚者たちは、最後の一人にいたるまで死に絶え、広間のあちこちに山と積まれていた。さながら網にかかり、浜辺に揚げられた魚のようであった。

テレマコスは老いた乳母《うば》エウリュクレイアを呼びにいった。乳母《うば》は、そこにオデュッセウスが家畜の屠殺人《とさつにん》のように血まみれの姿で立っていて、まわりには死人の山が築かれているのを目にすると、勝利と歓喜の気持ちを、金きり声の叫びにほとばしらさずにはいられなかった。しかしオデュッセウスは、それを制止して、こう言うのだった。

「死者を前にして勝ちほこるのは、よいことではない。喜ぶのはよい。だが、声には出すな」

こう言うと、オデュッセウスはテレマコスと召使たちに命じて、死者を庭にはこび出させた。そして奴隷《どれい》の女たちに、女中頭エウリュノメの指示にしたがって、広間の清掃をするよう命じた。女たちは、床から血と汚れをぬぐいとり、壁、椅子、食卓に水をかけて洗った。

男たちはメランティオスを庭まで引っ張り出して、そこで処刑した。こうして殺戮《さつりく》がすっかり終わると、彼らは身体を洗った。そしてオデュッセウスは、炉で硫黄《いおう》を燃やして、屋敷をその煙でいぶすよう命じた。いまや、女たちの間《ま》につうじる扉の錠が開かれた。ペネロペイアの側仕《そばづか》えの女たちが広間に出てくる。このときには、もうすでに暗くなっていたので、手に手に松明《たいまつ》をかかげている。女たちは、昔の主人の顔を知っていたので、オデ

ユッセウスがその屋敷にふたたび立っているのを見て、うれし涙を流し、その手やひたいに口づけするのだった。また、オデュッセウスの方でも、一人のこらず、この女たちの顔を知っていた。この者たちは若い乙女ではなく、オデュッセウスがトロイアにむけて旅立つ前から、ペネロペイアに仕えていた者たちだったのだ。

しかし、ペネロペイア自身は出てこなかった。かの女は、まだ深い眠りの中にあった。広間の戦いがはじまる前に、灰色の眼をしたアテナが、ペネロペイアのまぶたの上に眠りをかぶせたのであった。しかし老いた乳母《うば》は、もうこれ以上一瞬も待つことができなかった。そうして、ことのいっさいがっさいを話さないではいられないという気持ちにかられ、ペネロペイアの部屋へと駆けていった。うれしくてたまらないので思わず笑いがこぼれ、あまりにあわてたので、足をもつれさせ、段のところでころんだりしながら、駆けていった。

「さあ、おいでください。長年ご覧になりたかったものを、さあ、いまこそご覧くださ い。オデュッセウスさまがお屋敷にお帰りになったのです。求婚者たちはすべて死にましたよ」

ペネロペイアは目をさまし、身をおこした。

「エウリュクレイアよ、あなた、気でもおかしくなったの？　そんなでたらめな話をもってくるなんて、どうかしてるわ。それに、あなたが起こすまで、わたし、旦那《だんな》さまがトロイアにむけて出征されていらい、ずっと知らなかったほどの、甘い眠りについていたのよ」

「でたらめなものですか、奥さま。ほんとうの話なのです。オデュッセウスさまがお舘《やかた》にいらっしゃるのです。あなたの求婚者たちが悪態をあびせかけた、あの乞食がそうなのです。おお、でも、テレマコスさまはあの方が父上だとご存じです。テレマコスにお聞きになれば…」

ペネロペイアは寝台から跳びあがり、乳母《うば》に口づけした。しかし、そうしながらも、この知らせはあまりにすばらしく、まぶしすぎて、とてもほんとうとは思えなかった。それを信じる勇気がわいてこなかった。

「あんたたちのどちらでもよいけれど、それが、真実、旦那さまその人だという証拠があるの？　求婚者たちの不徳を、見るにみかねて罰しにきたどこかの神さまが、あの方の似姿をとっているのかもしれないでしょう？　それならまだしも、オデュッセウスさまはどこか遠くで亡くなったのに、姿形が似ているのをよいことに、それを悪用しようとしている、どこかの悪人かもしれないのですよ」

「もしそうなら、神さまだか人間だか知りませんが、狩猟《かり》でついた腿《もも》の傷までとてもうまくまねたものですわ。わたしなんぞ、この目で見る前《さき》から、それを手で触ってわかったぐらいですよ」

高揚した老婆の声は、もう悲鳴のようであった。

しかし、ペネロペイアはなおもすっかり信じようとはしなかった。かの女はふるえながら長く息を吸うと、こう言った。

「ならば、広間におりていって、息子に会いましょう。それから、殺された者たちを見て…その、殺した男も見てみましょう」

エウリュクレイアをしたがえながら、ペネロペイアは階段を下りてゆき、大きな広間に入っていった。広間では、オデュッセウスが、なおも襤褸《ぼろ》を身にまとい、戦いの血をあびたままの姿で、炉のそばの大柱にもたれながら立っていた。ペネロペイアは炉の反対側に座り、炉の光に照らされた男を見つめた。しかし、それでもなお、眼と眼をあわせても、夫だという確信がもてなかった。ペネロペイアは恐かった。二人のあいだには、まだ、一言も言葉がなかった。

ペネロペイアに時間をあたえるため、オデュッセウスはつぎの仕事にとりかかろうと思った。そうして、侍女たちに命じて、吟唱詩人を呼んでこさせた。庭にいた詩人は、こわごわ、なかに入ってきた。オデュッセウスはこの男にむかって、広間で踊りの音楽を奏でるように命じた。こうしておけば、通りかかった町の者たちは、みな、婚礼の宴《うたげ》がとり行なわれているものと思うだろう。というのも、求婚者たちの血縁の者は、彼らが殺されたことを知ったら、報復にくるはずだ。しかし、婚礼を装うことにより、少なくとも一晩のやすらぎをかせぐことができるのだ。

踊りがはじまった。オデュッセウスは、エウリュノメがぜひにと言うので、身体を洗い、油をぬることを許した。そうして新しい衣装を身につけると、オデュッセウスは、ふたたび、本来の自分の姿にもどった。オデュッセウスは炉のわきの、一段と高くなった自分の席に座った。そして、またもや、炉のむこう側のペネロペイアを見つめた。

しかし、いまになっても、ペネロペイアにはすっかり信じる勇気がなかった。そして、絵に描いた人物のようにじっと座ったまま、まるで、はじめて会った他人を眺めるような視線を、オデュッセウスに向けるのであった。

オデュッセウスが言った。

「そなたは、まことに、世で最高に美しいが、最高に残酷《ざんこく》な王妃でもあるな。長くつらい歳月をへて、やっと帰ってきたというのに、これほどかたくなに心を閉じられようとは！」

そしてエウリュクレイアにむかって、ぶっきらぼうに叫んだ。

「ばあや、わたしは疲れた。どこかかたすみに寝床をこしらえてくれ。眠くてたまらない。どうやら今晩は一人で寝なければならないようだな」

ああ、こうすれば、はっきりと黒か白かを知ることができるのではないかしら…　とつぜん、ペネロペイアの胸にある考えがひらめいた。もしも、オデュッセウスと、自分と、もっとも古くて信頼のある召使だけが知っているはずのことを、この人物が知っているとするなら、もう、何の疑いもなく…

「ばあや、言われたとおりにしてちょうだい。夫婦の部屋の外に寝床をこしらえるの。その部屋から、寝台を持ち出せばよいのだわ」

ペネロペイアがどんなつもりで、何をはじめたのか、オデュッセウスにはわかった。そこで心の中ではにんまりとしながら、怒ったふりをして言った。

「われらの夫婦の寝台を、あの場所から動かすことなど誰にできるのだ？　あそこに根を張って、成長しているオリーヴの樹を、柱の一本として利用しながら、わたしが、この手でこしらえたのだ。樹を切らないことには、寝台の移動などできるものか」

こんなオデュッセウスの言葉とともに、ペネロペイアの疑いはいっきにとけさった。ペネロペイアは炉のむこう側の椅子から立ち上がると、オデュッセウスのもとに来て、白い腕をオデュッセウスの首にまき、もう二度と離れないとでもいわんばかりに、しっかりとしがみついた。そうして何度も何度も口づけしながら、赦《ゆる》しをこうのだった。

「わたしのことを怒らないでね。わたしは長い年月のあいだ恐れていました。いつかあなたのような顔をして、どこかの男がやってきて、わたしの心をだまし、わたしが心から信じたいと思っていることを、ついに信じさせてしまうのではないか、と」

オデュッセウスは、炉のわきの大きな椅子の上で、ペネロペイアをしっかりと抱きしめながら、これまで、いかにさまざまの土地をさまよってきたか話した。しかし、どんな見知らぬ場所にいても、ペネロペイアのもとに帰りたいという気持ちが心を去ることはなかったと言うのだった。そうして、最後に、後になってペネロペイアを悲しませてはいけないので、黄泉《よみ》の国ハデスで、テイレシアスの亡霊から告げられた予言のことを話した。すなわち、故郷《ふるさと》に最終的に落ち着くまえに、オデュッセウスは、いつの日か、櫂《かい》を肩にかついで、ふたたび旅に出なければならない。ただし、今度は陸の旅で、城市《まち》から城市《まち》へと旅してまわり、とある、いままで海も船も見たことのない男に出会うまで、見知らぬ土地をさまよい歩かねばならないだろう。その男は、オデュッセウスのかついだ櫂《かい》を見て、籾殻《もみがら》を扇《あお》ぎ分けるうちわとまちがえることだろう……

「そのとき、わたしは櫂《かい》を地面に立て、雄羊と、雄牛と、仔もちの猪《いのしし》を、ポセイドンに捧げなければならない。そうすれば、ようやく、海の神の怒りをとくことができるのだ」

「神々があなたをご守護くださり、最後には、ぶじ故郷《ふるさと》までお連れくださるおつもりなら、もう、それ以上、悲しみの種はないのですね」

オリーヴの樹の幹を柱にした大きな寝台に、新しい敷き布がかぶせられ、すっかり用意ができたので、オデュッセウスとペネロペイアの二人は、自分たちの寝室に入っていった。広間ではあいかわらず人々が踊っている。まるで、ほんとうの婚礼の祝宴のようだ。そしてエウリュノメが、手に明々と燃える松明《たいまつ》をかかげ、先に立って、二人を案内していった。

第15章　島々に平和がもどる

つぎの朝、オデュッセウスは早く目をさました。まだ、かたづけるべきことが、いくつも残っていた。オデュッセウスはペネロペイアにたいして、すべての女を、王妃の部屋に集め、そこで静かに待っているよう指示した。そして自分が帰ってくるまでは、決して、誰も中に入れてはならないと言うのだった。そのいっぽうで、王家に仕えるすべての男を、館《やかた》の警護に立てた。そしてさらに、テレマコス、豚飼い、牛飼いの三人に、鎧《よろい》、武器などを十分に身につけさせると、山々のはざまにある、一族の農園をめざし

PEACE IN THE ISLANDS

て出発した。そこには、オデュッセウスの父親がいまも住んでいた。

建物がいくつも集まっている農場に近づいてくると、オデュッセウスは他の三人を呼んだ。そして、このまま屋敷に行って、女中頭に食事の用意をするよう言いつけるのだ、とオデュッセウスは命じた。しかしオデュッセウスはといえば、急な斜面になった果樹苑を下っていった。下には、土地を平坦に盛ってこしらえた葡萄苑《ぶどうえん》がある。きっと、そこに父がいるはずだ…　オデュッセウスには確信があった。そして、たしかに、老人がいた。着古した上衣《トゥニカ》をまとい、すねをいばらの刺《とげ》から守るため、ひどく接《つ》ぎのあたった革の脛当《すねあ》てを着けている。そして一生懸命になって、葡萄《ぶどう》の樹の根っ子のまわりを掘っていた。老人は、まったくの一人ぼっちだった。召使たちは、土留《どど》めの石を集めるために、どこかに行ってしまった。オデュッセウスがすぐわきに立ち止まるまで、老人は顔を上げなかった。

「ご老人、ずいぶん精が出ますね。樹を生やすのに、あんたの知らないことなどないみたいだ。これほどみごとな葡萄《ぶどう》の樹は、見たことがない。

さあ、教えてくれ。お前は、誰の奴隷《どれい》なんだ。ここの主人は誰なのだ？」

（このように話を切り出したのは、自分の正体を明かすまえに、まずもって、オデュッセウスの帰還を人がどう受けとるか、知る必要があったからだ。）

ラエルテスは、平和な葡萄苑《ぶどうえん》に、戦《いくさ》装束をした男が現われたことにびっくりした。しかし、何とか心を落ち着かせると、こう答えた。

「奴隷ではない。ここの農場と庭園の主人だ。むかしは、イタケと島々を治める王だった。わたしはラエルテス、偉大なオデュッセウスの父親だ。息子は留守で、噂《うわさ》もなく、誰も姿を見ないままに、あまりに時が流れすぎたが…だが、質問に答えたからには、こちらから質問をしてもよかろう。どなたかは存ぜぬが、教えてくだされ。そなたは誰だ。どこの国から来た？」

「わたしはシチリア島の者だ。そして、わが島で、トロイアから帰る途中のご子息に出会った。しばらく客人としてもてなしたが、あれからもう五年になる。もう、ずっと前に、オデュッセウスは故郷《ふるさと》に帰っただろう、ここに来ればきっと会えるだろうと、楽しみにしていたのに」

老人は葡萄《ぶどう》の樹々のあいだに身をふせると、黒く細かい土を白頭の上に投げつけながら、泣いた。

「五年もたってまだシチリアからもどらないとすれば、どこかで死んだに決まっている」

悲しむ老人の姿に、オデュッセウスの心はほろりとなった。そして父親を抱き起こし、自分の胸に引き寄せた。

「お父さん、十九年もたったら、あなたの息子がわからなくなるのですか？」

しかし、ペネロペイアの場合もそうであったが、ラエルテスも、顔をまじまじとのぞきこみながら、なおも信じることができなかった。しかし、しばらくすると、こう言うのだった。

「ほんとうに息子だと言うのなら、それが信じられるよう、何か証拠を見せてくれ」

そこで、オデュッセウスはキルトの裾《すそ》を引っ張りあげて、猪《いのしし》の牙《きば》が腿《もも》にのこした銀色の傷跡を見せた。そうして、庭園をぐるりと見まわすと、こう言った。

「さあ、こちらへ。お前の樹だと、お父さんがおっしゃってくれたのがどれだか、言いましょう。あれは、ある夏の日の午後だった。樹はまだ苗木だったし、わたしも小さな少年で、お父さんについてくる犬たちといっしょに走りまわっていた。あっちの十三本のナシの樹が、わたしのですね。それから、そこのりんごの樹が十本。それに、四十本のイチジクの樹もそうだ。ああ、そうだ。この何列かに生やした、五十本の葡萄《ぶどう》の樹も、いつかわたしのものだと約束してくれましたね」

これを聞くと、ラエルテスの老いた膝《ひざ》は、ぶるぶると震《ふる》えはじめ、よろこびのあまり胸はほとんど破裂しそうであった。そして、あやうく倒れそうになったところを、オデュッセウスが手をそえて、しっかりと支えた。

しかし、ラエルテスの頭がはっきりしてくると、最初に口をついて出てきたのは、警告の言葉だった。

「そなた自身の屋敷にもどったら、途方もない仕事が待っているぞ」

「もうすでに行ってきました。そして、その仕事も終えまし

た。お父さん、わたしの富を食いちらし、長々と妻を追いまわしてきた連中は、すべて殺しましたよ」

しかし、これを聞いた喜びもつかのま、この知らせは老人の胸を別な心配でいっぱいにした。

「では、奴《やつ》らの親類縁者が復讐《ふくしゅう》心に燃えて襲いかかってきたらどうする。われらはこんなに数が少ないのだぞ」

「それは、その時になってから心配すればよいのです。まずは、屋敷にもどりましょう。テレマコスを先にやって、われわれのために食事の用意をするよう、手配させました」

こうして、父と子は屋敷にもどった。屋敷にはテレマコスと、他の二人が、すでに、火から下ろしたばかりの熱々の肉を切り分け、葡萄酒《ワイン》をまぜているところであった。ラエルテスは身体を洗い、女中頭がもってきた新たな衣に着かえた。

「あなたのお年になったとき、わたしも、お父さんみたいにかくしゃくとして、元気な顔をしていたいものです」

食事の席につくと、オデュッセウスが言った。

「そなたの年齢であったころの力が残っていたなら、昨日の戦いにくわわって、そなたの横で剣をふるったのに」

と、老人がかえす。

食事をはじめるとすぐに、女中頭の亭主であるドリオスと、三人の息子たちが、腹を空《す》かせて、石集めから帰ってきた。そして、自分たちの主人が帰ってきたことにびっくりしたが、最初のおどろきが冷めると、オデュッセウスとドリオスは、いかにもかつての親友らしく、おたがいにむかって暖かい言葉をかけ合うのだった。そして息子たちも、大喜びでオデュッセウスの手をにぎりにきた。そうして彼らは、喜びいっぱいで、昼の食事にとりかかったのであった。

しかし、このころになると、オデュッセウスが帰ってきたこと、さらに宮殿で何が起きたかの噂が、街から街へ、そうしてイタケの島のすみずみにまで飛んでいった。そうして、殺された求婚者たちの親類縁者たちが、オデュッセウスの屋敷の門に押し寄せてきた。

彼らは、縁のある遺骸《むくろ》を、埋葬のためにはこび去った。また、他の島々からやってきていた者については、その遺骸《むくろ》を船にのせ、それぞれの故郷へと送った。

こうして遺骸《むくろ》のかたづけが終わると、血縁の者たちは町の集会場所に集まった。一同がそろったと思うと、いきなり、エウペイテス――求婚者たちの中で最初に殺されたアンティノウスの父親――が立ち上がり、オデュッセウスはわれらの敵だと決めつけて、弾劾《だんがい》の演説をはじめた。オデュッセウスはもどってきたものの、ともに出征した仲間たちも、船も、すべて失った。そして、いまふたたび、えりぬきの若者たちを無惨《むざん》にも殺してしまった。オデュッセウスはイタケの上に悲しみをもたらしたのだ…

「もしも、いまオデュッセウスを追いつめ、われらの息子や兄弟たちの怨《うら》みを晴らさねば、かならずや、われらの名誉は失せ、われらの名は、後世の者たちのあいだで悪臭を放つことであろう」

ある一人の老人が、他の者たちより理非をわきまえていたので、若者たちがあのような目にあったのは、まさにとうぜんのむくいなのだと叫んだ。しかし、その他の者たちは、こんな声に耳を傾けることもなく、なだれをうって、武器をとりに走った。そして、エウペイテスの後ろに隊列を組むと、王家の農園にむかって行進をはじめた。彼らは、この日の早朝に、オデュッセウスがそこに行ったことを知っていた。

いっぽう農園の屋敷では、ちょうど食事を終えたときに、戸口に立っていたドリオスの息子の一人が、振り返りもせずに叫んだ。日射しの中を、槍穂《やりほ》がきらりと輝きながら、丘の道をのぼってくるのが見えるぞ…

この一声に、一同はあわてて立ち上がった。オデュッセウス、テレマコス、忠実な豚飼いと牛飼い、農場で働く者たち、これに二人の老人――ドリオスとラエルテス――をくわえても、しめて、わずかに十二人の軍団であった。彼らは武器を手にとった。それらは、すでに用意されてあった。そして、農場にたてこもるより、いざ、ひらけた野で戦おうと、門をひらき、オデュッセウスを先頭に、敵にむかって進んでいった。

その瞬間、またもや、女神アテナが彼らに助けの手をさしのべた。

まず、女神は、ラエルテスの胸に勇気を吹き込み、こう言った。

「ラエルテス、親しい友よ、父神ゼウスと、《輝く眼の女神》に祈りなさい。そうして、槍を投げるのです」

すると、ラエルテスは、もう長年のあいだ、戦いの野で武器を持ったこ

とがなかったのに、ふたたび、力と技が自分の身体の中にみなぎってくるのを感じた。ラエルテスは手早く祈りを唱えた。そして、敵の戦士たちが槍のとどくところまで進んでくると、手の槍を大きく後ろにひき、えいとばかりに、エウペイテスめがけて投げはなった。青銅《ブロンズ》の穂先が、エウペイテスの兜《かぶと》の頬当《ほおあ》てを貫き、頭に突きささった。エウペイテスは地面にどうと倒れた。鎧《よろい》がぐしゃんと鳴りひびいた。

率いられてきた男たちは、大将がやられたのに衝撃をうけ、一瞬、ためらいを見せた。オデュッセウスとテレマコスは、剣を手に、大槍をかまえながら、うちそろって、最前線の兵たちの上におどりかかろうとした。しかし、両軍のあいだに立った女神アテナが、大きな声で叫ぶと、両軍はぴたりと動きを止めた。

「イタケの者たちよ、争いはやめなさい。これ以上血が流れる前に、おたがいに引きさがるのです」

女神の声が聞こえると、復讐心に燃えてやってきた男たちのあいだに、

恐慌《パニック》がひろがった。彼らは武器を投げ捨てると、くるりと背をむけて逃げはじめた。ところがオデュッセウスは、すでに口の中に戦《いくさ》の味わいを感じていたので、おそろしい吶喊《とっかん》の声を発すると、獲物を追う猟犬のように駆けだした。しかし、ゼウスが稲妻《いなずま》を投げおろした。炎の槍は、オデュッセウスの眼の前の地面につき立った。そして、止まれ！とアテナが叫んだ。そのような血に飢えた行ないは、雷《いかずち》の神ゼウス——神々の父——の怒りをかうことになりかねないではありませんか！

こんな言葉に、オデュッセウスは冷静さをとりもどし、喜んでアテナの命令に従った。あとに続いてきた息子、父親、その他の戦士たちも同じであった。彼らは剣を鞘《さや》におさめ、槍に寄りかかりながら立ちどまった。そして、息子や兄弟の怨《うら》みを晴らすべくやってきた者たちも、戦いをやめて、帰っていった。

正しい儀式と生け贄《にえ》を捧げられて、《輝く眼の女神アテナ》は、両軍を和睦《わぼく》させた。こうして、イタケと、周辺の島々に、ふたたび平和がもどったのであった。

トラキア
トロイア
トルコ
リュンポス山
コルフ島
ギリシア
イタケ島
ミュケナイ
ピュロス
スパルタ
マレア岬
クレタ島
エジプト
オケアノス川

オデュッセウスが
放浪したと
言い伝えられている
場所
黄泉の国
イタリア
チルチェーオ山
魔女キルケ
セイレン
ヴェスヴィオス山
エオーリエ諸島
風の神アイオロス
メッシナ海峡
スキュラとカリュブ
シチリア島
エトナ山
太陽の神ヒュペリオン
キュクロプスたち
ゴゾ島
カリュプソ
ジェルバ島
蓮食い
リビア
オケアノス川

訳者あとがき

アーサー・C・クラーク原作、スタンリー・キューブリック監督による有名な映画『二〇〇一年宇宙の旅』の原題をご存じでしょうか？　“*2001: A Space Odyssey*”といいます。この例に端的に示されているように、「オデュッセイア」はまさに〝旅〟の代名詞となっています。

『オデュッセイア』——すなわち、オデュッセウスの冒険物語——は『イリアス』と同じく、八世紀ギリシアの詩人ホメロスによって書かれたものだといわれています。英語には「ホメロスもたまには居眠りをする」というような意味の諺《ことわざ》があり、これは、わが国でいえば「弘法も筆の誤り」にあたりますが、こうして諺になるほど、西欧では、「詩聖」ホメロスは、古来、最高の詩人としてあがめられてきました。そして、たとえば十六世紀以降のイギリスを例にとるなら、詩人ポープによる『イリアス』の韻文訳にはじまり、ドライデン、テニスンなど多数の詩人にインスピレーションをあたえました。また、さまざまの作家や詩人による翻訳や子どもむけの再話ものなどもたびたび出版されており、とくに有名なものとしては『随筆』で有名なチャールズ・ラムの『ユリシーズの冒険』（一八〇八年）や、児童文学の作家であるアンドルー・ラングによる『オデュッセイア』（一八七九）などがあげられるでしょう。

しかし文学の世界で「オデュッセイア」とくれば、何といってもすぐに頭に浮かんでくるのは、二〇世紀初頭にジェームズ・ジョイスが執筆した前衛的な小説『ユリシーズ』です。この作品では主人公ばかりか、主人公をとりまく主要人物たち、主人公に起きる出来事や物語の骨格にいたるまで、『オデュッセイア』を意識して構成されているというのは有名な話です。またさらに、もっと最近のことに話を移すなら、映画の世界でも、オデュッセウスは、スピルバーグ監督のシリーズ映画の主役インディ・ジョーンズに大きな影響をあたえているといわれています。このように、『オデュッセイア』は、昔から西欧の文化の中できわめて大きな位置を占めてきました。したがって、現代のように文化がどんどんグローバル化している時代にあっては、東洋のわれわれにとっても欠くべからざる教養の一部となりつつあるといっても過言ではありません。

本書は、このようなホメロス受容の長い歴史と伝統につらなりながら、有名なイギリスの作家ローズマリ・サトクリフが独自に、そして大胆にまとめあげたオデュッセウスの物語です。同じサトクリフによる姉妹編である『トロイアの黒い船団』の物語では、ギリシアとトロイアのあいだの長い戦いがトロイアの城の陥落とともに終わり、ギリシアの船団が故郷《ふるさと》にもどってゆくというところで話が閉じていましたが、この『オデュッセウスの冒険』では、そんなギリシア軍の武将オデュッセウスが故郷《ふるさと》をめざす旅が描かれています。

全体は大きく二つの部分に分かれ、まず旅の途中で出会うさまざまの冒険が描かれ、ついで故郷《ふるさと》のイタケ島に帰ったさいに、どのような困難が待ちうけているか、それにたいしてオデュッセウスがどう対処するかがのべられます。海神ポセイドンの怒りをかって絶望的な戦いを強いられながらも、自分だけが生きているのではない、いっしょにいる乗り組みの者たちを助けなければならないのだと思って頑張るオデュッセウス。水夫たちのミスによってあらずもがなのたいへんな労苦を強いられながら、決して水夫たちを責めることのないオデュッセウス。しかし、全員が滅びるか、数名の命の犠牲を出して難をのがれるかという厳しい選択の局面では、冷たい計算をするオデュッセウス。不死の命を授けようというニンフの誘惑をしりぞけてまで、妻のもとに帰ろうとするオデュッセウス。そして、そんな夫の帰りを待ちつづける貞節な妻ペネロペイア。『オデュッセウスの冒険』は、まさに、人生の旅路のひとつの寓話《ぐうわ》といえるのではないでしょうか。

二〇〇一年八月

山本史郎

ローズマリ・サトクリフ（ROSEMARY SUTCLIFF）
1920〜92年。イギリスを代表する歴史小説家。1959年、すぐれた児童文学にあたえられるカーネギー賞を受賞し、歴史小説家としての地位を確立した。
『ともしびをかかげて』や『第九軍団のワシ』（ともに岩波書店）、『ケルトの白馬』（ほるぷ出版）のような児童向け歴史小説のほか、『アーサー王と円卓の騎士』『アーサー王と聖杯の物語』『アーサー王最後の戦い』（ともに原書房）、『ベーオウルフ』（沖積舎）、本書の姉妹編『トロイアの黒い船団』、『落日の剣（SWARD AT SUNSET）』（仮題、邦訳近刊予定）などイギリス伝承やギリシア神話の再話、成人向けの歴史小説がある。1975年には大英帝国勲章のOBE、1992年にはCBEが贈られている。

アラン・リー（ALAN LEE）
ファンタジー小説の挿絵画家として高い評価を受けている。1978年、ブライアン・フロウドとの共同作品『フェアリー』で挿絵画家として認められた。初めて自分の絵にホログラムを導入したマイル・ペリン作『ミラーストーン』で、1986年度のスマーティーズ・イノヴェイション賞を受賞した。最近の作品には、本書の姉妹書『トロイアの黒い船団』、ピーター・ディキンスンの『魔術師マーリンの夢』（ともに原書房）、J・R・R・トールキンの『指輪物語』の生誕100周年記念版などがある。テリー・ジョーンズ監督の映画『エリック・ザ・バイキング』、リドリー・スコット監督の『レジェンド——光と闇の伝説』ではコンセプト・デザインを担当した。『トロイアの黒い船団』ではケイト・グリーナウェイ賞を受賞している。

山本史郎（やまもと・しろう）
1954年、和歌山県に生まれる。1978年、東京大学教養学部教養学科卒業。現在、東京大学大学院総合文化研究科教授。専攻はイギリス19世紀文学。訳書に『図説アーサー王物語』『ホビット』『図説ケルト神話物語』『トールキン 仔犬のローヴァーの冒険』『絵物語ホビット』『アンデルセン・クラシック 9つの物語』『魔術師マーリンの夢』、サトクリフ・オリジナルシリーズ『アーサー王と円卓の騎士』『アーサー王と聖杯の物語』『アーサー王最後の戦い』『トロイアの黒い船団』（以上原書房）、『アンティゴネーの変貌』（共訳、みすず書房）などがある。

サトクリフ・オリジナル5
オデュッセウスの冒険《ぼうけん》

●

2001年10月10日　第1刷
2009年 4 月15日　第2刷

著者………ローズマリ・サトクリフ
訳者………山本史郎《やまもとしろう》
装幀者………川島 進（スタジオ・ギブ）

発行者………成瀬雅人

発行所………株式会社原書房
〒160-0022　東京都新宿区新宿1-25-13
電話・代表 03(3354)0685
http://www.harashobo.co.jp
振替・00150-6-151594

本文組版・印刷………株式会社ディグ
カバー印刷………株式会社同美印刷
製本………小高製本工業株式会社
ISBN978-4-562-03431-4